集英社オレンジ文庫

海月館水葬夜話

東堂　燦

本書は書き下ろしです。

Contents

イラスト／青藤スイ

海月館水葬夜話

海の底には、きっと地獄がある。

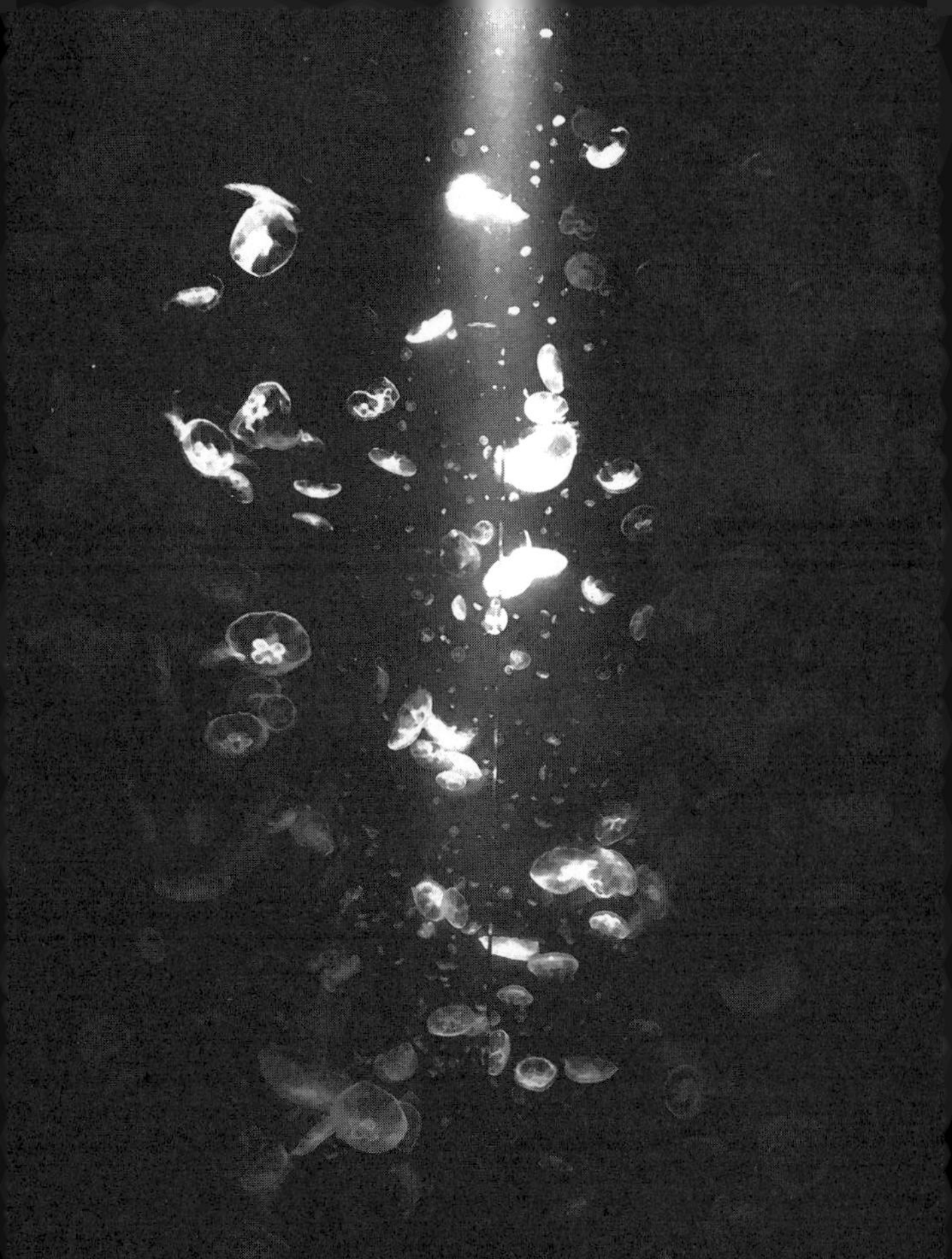

序

死者の集う館

水槽をたゆたう無数のクラゲが、月明かりのように輝く。こぽり、こぽりと浮かんでは弾《はじ》ける水泡の音が、そっと鼓膜《こまく》を揺らした。

古びたドアベルが鳴って、さまよえる客人は現れる。

「いらっしゃい」

目を伏せれば、意識は暗く冷たい海へ沈んでいく。幾千、幾万のクラゲたちが、夜に灯《とも》された道しるべのように、美しい肢体《したい》を揺らしていた。

ここは海月館《くらげかん》。海神《わだつみ》を祀《まつ》る場所、死者の集う館。

死んでも忘れることのできなかった後悔を抱えて、今宵《こよい》も死者が訪れる。

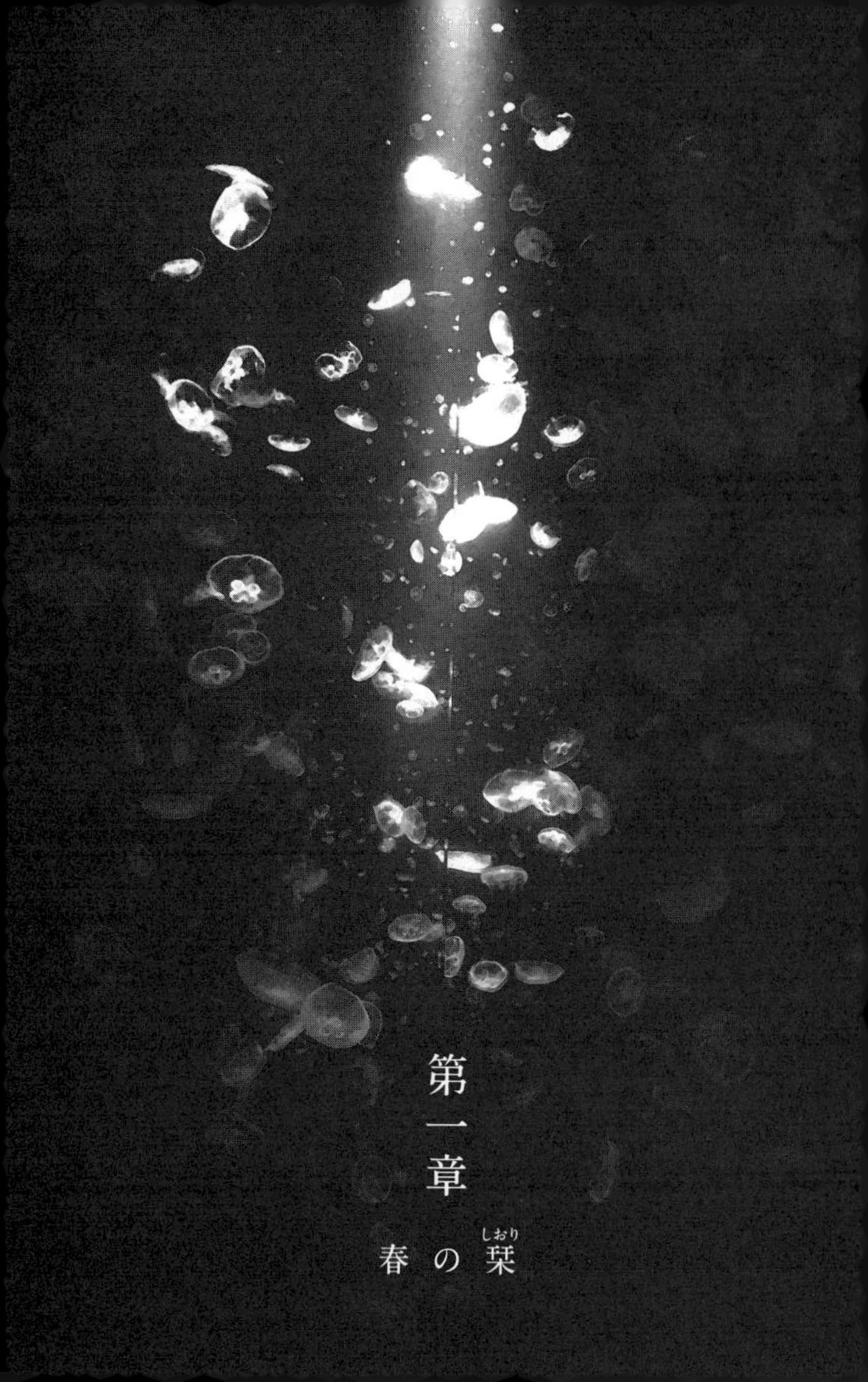

第一章

春の栞《しおり》

春が好きだった。優しい花びらの舞う季節が、いつも待ち遠しかった。果てなど感じられぬほど長い桜並木、春の香りに満たされた美しい場所を、小さな男の子の手を引きながら歩いた。

「大好き」

繋《つな》いだ手をぎゅっと握ってくる姿が愛《いと》しくて、放したくない、と強く願った。叶うならば、いつまでも一緒にいたかった。

それは二度と訪れることのない、優しい春のこと。

1.

青い海を臨《のぞ》む町が、遠田《とおだ》湊《みなと》の故郷だった。

美しいクラゲの姿をした海神《わだつみ》を祀《まつ》る、穏やかな港町。

町並みは緩やかに傾斜して、高台から海の果てまで見渡せる。淡い潮の香り、抜けるように澄《す》んだ空がまぶしい町は、不幸などひとつも存在しない、そんな錯覚を抱かせた。

けれども、この町にはいつも哀《かな》しみがあって。

それは死者の姿かたちをしていることを、湊はよく知っていた。

――春といえば、入学式の季節である。

湊が司書として勤める木枯《こがらし》学園の図書館も、新入生向けのガイダンスで大忙しだった。中等部、高等部と終えて、昼休みになった頃には一日働いたくらい疲れてしまった。

「湊ちゃん、お疲れ。新入生の相手、そんなに大変だったの？」

休憩室に入ると、明るい茶髪の男子生徒に迎えられる。

職員用の休憩室は、図書委員会の生徒にも開放されている。給湯スペースもあって便利なので、司書たちと昼食をとる学生も多い。

派手に制服を着崩した彼もまた、図書委員の一人だった。

「ううん、みんな良い子。吉野《よしの》くんと違って、初々《ういうい》しくて可愛《かわい》かったなあ。制服だって校則どおり。ブレザーの上着、どうしたの？」

惣菜《そうざい》パンを頬《ほお》張る彼は、制服の上着ではなく、派手なピンク色のカーディガンを着ていた。ついでに言えば、ワイシャツも学校指定のものではない。

「寮に忘れた。入学式だったから、すげえ怒られたんだけど」

「それは怒られるよ、もう最高学年なんだから」

吉野は、この春から高等部の三年生になった。

一年ほど前、司書に欠員が出たことで、湊は学校図書館に採用された。同時期に図書委員となった彼とは、他の生徒よりも何かと接する機会が多かった。

「昼休みに説教なんか聞きたくない、飯が不味《まず》くなる。俺なんかいつもコンビニ飯なのにさあ。手作り食べたいのに」

「コンビニのご飯も美味《おい》しいよ?」

「はあ? 毎日うまそうな手作り弁当食っている人に言われても、ムカつくだけなんだけど。交換してよ」

弁当箱を広げると、吉野が恨めしげに睨《にら》んできた。

「ごめん。作った人に怒られるから」

毎朝、同居人が用意してくれるものだ。何をするにも器用な彼は、湊よりも料理上手で、湊よりも家事が得意だった。

「バレないでしょ、湊ちゃんが黙っていたら」

「勘の鋭い人だからバレちゃうの。とっても大事な人だから、隠し事はできないし、したくないから」

「へえ、大事な人。男? 湊ちゃん結婚していないくせに指輪しているよね」

湊は手元を見る。左手の薬指には、シルバーで作られた二連の指輪がある。

「結婚はできないけど、結婚しているようなものだから」

「うわ、結婚できないって、それ騙《だま》されているんじゃない？　湊ちゃん、二十六でしょ。いい年なんだから、さっさと結婚すれば良いじゃん。もったいぶっていると死ぬほど後悔するよ」

　吉野は苛立《いらだ》たしそうに、食べ終わったパンの袋を丸める。

「吉野くんは、何か後悔することがあったの？」

「……何が起こるか分かんないだろ。いつまでも相手が元気でいてくれるわけじゃねえし、急に会えなくなることもあるんだから」

「そっか。心配してくれたんだね」

　吉野は居心地悪そうに顔を背けた。身長も高く、容姿も大人びている子だ。しかし、優しさを素直に出せないところに、少年らしい幼さがあった。

「俺、もう教室戻るから。あっ、そうだ。あのセンスない栞《しおり》。文庫コーナーに置いてあるやつ、なくなったから補充しておきなよ」

「無料配布している栞のこと？」

　利用者向けのサービスとして、学校図書館の各所には紙の栞が置かれている。様々な形をした栞は評判が良く、湊もこっそり全種類集めていた。

「栞の在庫なら、まだ倉庫にあるよ」

会話に割り込んできたのは、別の司書だった。四十がらみの男で、湊にとって直属の上司にあたる。

「げっ、加島《かしま》さん」

「げっ、なんて、ひどいなあ。吉野くん、図書館便りに載せるオススメ本、ちゃんと締め切り守ってね。いつもどおり出していないの君だけだから」

「はいはい、明後日《あさって》までだろ。知っています」

昼食のゴミを片づけると、吉野は駆け足で休憩室を出ていった。

「図書館は走らない、といつも言っているんだけどなあ」

「元気な子ですからね」

外見も性格も、あまり図書委員会とは結びつかない。印象だけなら、バスケ部かサッカー部あたりで汗を流していそうな子だ。

「まあ、安心するけれどね。元気になったみたいで良かったよ、一時期は可哀《かわい》そうで見ていられなかったから。ずいぶん塞《ふさ》ぎ込んでいたんだ、櫻子《さくらこ》さんが亡くなって」

「櫻子さんって、わたしの前任の？　亡くなっていたんですか」

湊は退職した司書の代わりに採用された。面識はなく苗字も分からないが、櫻子という女性司書だったことは知っている。

たしか湊より四、五歳年下、当時まだ二十代になったばかりの女性だ。一身上の都合で退職したとばかり思っていたので、亡くなっているとは想像もしなかった。

「一年ちょっと前の冬、通り魔に殺されたんだ。まだ犯人は捕まっていないんだけれど、可哀そうな目に遭ったみたいで、葬式も親族以外は参列できなかった。吉野くんは、たぶん遺体も見ていると思うけれど」

「え？」

「親戚なんだよ、吉野くんと櫻子さん。吉野くん県外から進学してきたでしょう？　母親の出身地がこの町で、櫻子さんはイトコだったかハトコ。ただの親戚にしては仲が良すぎるくらいの二人だったよ」

「詳しいんですね」

吉野が県外から進学してきた学生であり、寮生であることは聞いている。しかし、家族や親戚などのプライバシーに関わる情報までは把握していなかった。

「小さな町だから、嫌でも情報が入ってくるよ。特に御祝い事と不幸は、ね。遠田さんも気をつけた方が良いんじゃないかな、意外とみんな見ているから」

「そう、なんですね」

それほど他人のことに興味があるのか、と感心してしまうが、同時に納得もした。

木枯町の人口は二万で、町の面積もさほど広くはない。この小さな町では、たしかにうわさ話が回りやすかった。

「吉野くん、やっと立ち直ることができたんだろうね。良かったよ、本当。遠田さんのおかげかな？　櫻子さんに似ているから、面接したときびっくりしたんだよ」

「似ていますか？　親戚でもありませんし、歳《とし》も離れていますよ」

愛想笑いで誤魔化しながら、湊は小さく拳《こぶし》を握った。

本当に、吉野は元気になったのだろうか。

加島の言いぶりでは、吉野と櫻子は親戚であり、かなり仲が良かったようだ。そんな女性を喪《うしな》って、立ち直ることができるとは思えない。

平気そうにふるまっているだけで、心のなかは傷だらけ。此《こ》の世には、そのような人が溢《あふ》れている。湊はそのことを実感していた。

――愛する人の死から立ち直ることなど、一生できるはずがない。

結局、仕事が終わるまで、吉野のことが頭から離れなかった。

退勤時間になり、休憩室にある自分のロッカーを片づけていると、ふと名札のないロッカーが目についた。扉に手をかけると、鍵が閉まっていることに気づく。

「このロッカーって、誰のですか？」

同僚に尋ねると、彼女は苦笑した。

「櫻子ちゃん。遠田さんの前に勤めていた子ね」

「通り魔で亡くなった？」

「そ。本当は片づけた方が良いんだけど、鍵が見つからなくて、ずっとそのまま。遺族に伺ったら、中身は要らない、って言われちゃったけどね」

「無理やり開けられそうですけどね、これくらいなら」

貴重品を入れる金庫と違って、休憩室のロッカーはただの荷物入れだ。かなり古くなっているので、湊でも開けられそうだった。

「まあね。でも、亡くなった人の物って、触るのは気が引けない？　櫻子ちゃんのことだから綺麗《きれい》にしていたと思うし、変な物は入っていないと思うから、放置しても良いかなって」

「櫻子さんって、どんな方でした？」

同僚は目を丸くした。

「遠田さんがそういうこと聞くの珍しいね。素直で良い子だったよ。もともとここの生徒で、あたしたちとは在学中から知り合いだったの。卒業してすぐ採用されたんだけど、最初は事務員として雇ったんだったかな。すぐに司書補になったし、そのうち司書の資格もとってもらうつもりだったんだけど」

「お若いとは思っていたんですけど、高校卒業後に働きはじめたんですね」

正確には、櫻子は司書ではなく司書補だったらしい。

大学等に通っていない場合、司書補として勤務経験を積んで司書資格をとるのが一般的だったはずだ。

「特進クラスの子だったから、県外にある偏差値の高い大学を薦められていたんだけどね。どうしても、この町に残りたかったんだって」

「若い子は、みんな外に出たがるんだと思っていました」

優秀な子ならば、なおのこと木枯町に残る必要はない。外に出れば、いくらでも彼女が必要とされる場所があったはずだ。

どうして、櫻子はこの町に執着したのだろうか。

「それはあたしも不思議だったけれど。……まあ、仕事もできる子だったから、こっちはすごく助かったの。だから、いまでも信じられない。通り魔に殺されたなんて」

泣くのを堪《こら》えるように、同僚は目頭《めがしら》を押さえた。

湊が学園を出ると、すでに日が暮れていた。

外灯の明かりが桜並木を照らし、淡く色づいた蕾《つぼみ》たちが、春めく季節を告げている。例年より遅れているが、あと十日もしないうちに満開になるだろう。

櫻子。桜の名前を持つ女性のことを聞いたからか、薄紅《うすべに》の蕾に胸がざわめく。

しばらく桜を眺めていると、同居人からトークアプリのメッセージが入った。いつもより遅い帰宅を心配しているらしく、早く帰ってくるよう、催促している。

学園から、湊の生家——海月館《くらげかん》と呼ばれる洋館まで、そう遠くない。

高台の総合病院を通りすぎて、入り組んだ坂道を進めば、白亜の教会が見えてくる。その脇にある石段を登って、頂上にある鳥居を潜《くぐ》ると、小さな洋館が現れた。

赤銅《しゃくどう》色をした瀟洒《しょうしゃ》な館だ。

お伽噺《とぎばなし》にでも出てくるような、何処《どこ》となく浮世離れした印象を受ける。此の世のものではないような、そんな不思議な雰囲気があった。

「ただいま戻りました」

玄関扉を開くと、薄闇《うすやみ》に青白い光があった。電球ではなく、中央に置かれた水槽から洩《も》れる光だ。

円柱状の水槽で、花嫁のヴェールのように美しいクラゲたちが揺蕩《たゆた》っている。触手《しょくしゅ》を絡め合い、交じり合う彼らは、月明かりのように輝く。

見渡せば、本ばかりある空間だった。

小さな図書館を思わせる、そんな書庫だ。出窓のある面を除いて、部屋の壁すべてが本棚になっており、隙間《すきま》なく本が収められている。

「おかえり」

海の底のような、暗くて深い青の瞳を向けられる。

日本人にしては珍しい瞳の色は、すべてを見透かすような底知れなさがある。昔から、その目に見つめられると、些細《ささい》な嘘《うそ》もつけなくなった。

「凪《なぎ》くん」

人形のように整った貌《かお》の男だ。

三十路《みそじ》とは思えぬほど可愛らしく、色白で背が低いこともあって、どこか少年めいた印象を受ける。細いフレームの眼鏡だけが、彼に年相応の雰囲気を与えている。

「ちゃんと寄り道しないで帰ってきた？　夜道は危ないからね」

「心配性ですね」

「心配くらいさせてよ、可愛い恋人のことなんだから」

「もう可愛いなんて言われる歳じゃないです」

凪の言う《可愛い》は、小さな子どもに向ける可愛いと同じだ。家族同然に育ったからか、彼は四つしか年齢差のない湊に対し、保護者のごとく振る舞う癖があった。

凪は溜息《ためいき》をついて、湊の頬を両手で包んだ。

「いくつになっても、世界で一番可愛いよ。俺の湊だもの」

凪は薄い唇をつりあげて、流れるように湊の額《ひたい》に口づけた。

そうして、何事もなかったかのように長椅子《いす》に座る。カーディガンのポケットから煙草《たばこ》を取り出し、火をつける姿はえらく上機嫌だった。

小さな女の子みたいに頬が熱くなってしまう。昔から、彼には敵《かな》わない。

「今日、入学式だったの？　あの学園、本当に潰《つぶ》れないね。中等部まで作ったときは、いよいよ手を広げすぎてダメになると思っていたんだけど」

湊の勧める図書館は、私立木枯学園の付属施設だ。

もともとは町唯一の高校として創立され、近年では中等部も兼ね揃《そろ》えるようになった学園だ。小さな港町にふさわしくないほど立派で、近隣市町村だけでなく、県外の学生も積極的に受け入れている。

「そんな他人事《ひとごと》みたいに。凪くんの母校ですよ」

「思い入れがないからね。留年して、卒業もできなかった」

「……ほとんど入院していましたもんね、高校生のとき」

「今と違って、身体《からだ》も弱かったからね。今日は入学式だからスーツにしたの？　よく似合っている」

「会社員時代に菜々《なな》が贈ってくれたんですよ」

東京で会社勤めをしていた頃、親友が贈ってくれたものだ。当時の湊では手が出なかったブランド物のスーツは、数年経《た》った今も型崩れしない。

「三上《みかみ》菜々から貰《もら》ったの？　妬《や》けるな」

ふっと煙を吹きつけられて、湊は噎《む》せた。

「煙は苦手だって、いつも言っているじゃないですか」

「湊の寿命も削ってあげようと思って」

「そういうこと言うなら、もっと不健康な料理を作ったらどうなんですか？　お弁当、今日も生徒さんに褒められましたよ」

「あれは虫よけだから、気合い入れているんだよ。その指輪と一緒。新しい職場、上手《うま》くいっているみたいで良かったよ。もうすぐ一年か」

「はい。求人募集、見つけてくれたの凪くんでしたね」

「採用されませんように、と祈っていたんだけどね」

「でも、凪くんと一緒に働きたいって言ったら、反対したでしょう？」

司書として雇われている湊と違って、凪の仕事は家業とでも呼ぶべきものだ。遠い昔から、湊たちの血筋に運命づけられている役目である。

――木枯町は、美しいクラゲの姿をした海神が息づく町だ。

この町の人々は、誰もが彼女の胎《はら》から生まれ、死んだら彼女の御許《みもと》に還《かえ》る。生前の記憶を手放して、空っぽになって、ようやく母なる女神のもとに導かれるという。

だが、深い後悔を抱えて死んだ者は、その後悔を忘れることができない。彼らは海神のもとに還ることもできず、此の世をさまよい、やがて海月館を訪れるのだ。

海月館は海神を祀る場所、死者の集う館、此の世と彼《あ》の世の境界。

ひとつ、死者は夜に姿を現す。

ふたつ、死者は実体を持つ。

みっつ、海神は死者の後悔を見せてくれる。

遠田家の家業とは、死者の後悔を紐《ひも》解き、さまよえる死者を海神の御許に導くこと。

死んでも忘れられなかった後悔を抱えて、海に還ることができない魂。彼らを導くために、凪はこの館に囚《とら》われた。

「反対はしなかったよ。今も、お手伝いは認めているだろう」

凪の言葉と同時に、古びたドアベルが鳴った。玄関扉は閉め切られているのに、何者かの来訪を告げるように。

「いらっしゃい」

クラゲの浮かぶ水槽の前に、いつのまにか女性が立っていた。

桜色のシフォンスカートに、丸襟《えり》の白ブラウスを合わせた可憐《かれん》な人だ。幼さの残る顔立ちは、女性というより少女に近い。

「桜の栞を。あの子に、どうか渡して」

彼女はそう言って、水槽に額を寄せた。

瞬間、湊の意識は暗い海底へと誘《いざな》われる。息もできない冷たさに襲われて、酩酊《めいてい》したようにに天も地も分からなくなった。

遥か彼方《かなた》で、幾千、幾万ものクラゲがたゆたい、道しるべのように輝いた。

●○○●○○●

満開の桜並木で、あたしはデジタルカメラを構えた。父が新しいカメラを買ったので、古いものを譲ってくれたのだ。

　べつに写真を撮ることが好きなわけではないけど、桜が綺麗だから、今日くらいはカメラ好きになっても良いかもしれない。

「櫻子」

　続けざまにシャッターを切っていると、スカートを引っ張られる。夢中になっていたあたしは、カメラのストラップを首にかけた。

　空いたあたしの手を握ったのは、紅葉《もみじ》みたいに小さな手だ。

「吉野？　どうしたの」

　吉野。一瞬苗字と間違う名前は、親戚の男の子のものだ。母の従妹《いとこ》の息子になるので、いわゆるハトコと呼ぶものらしいが、あまり意識したことはなかった。

　あたしにとって、彼は可愛い親戚の男の子で、本当の弟みたいなものだったから。

「俺、明日になったら帰るの？」

「そうだねえ。春休みも終わっちゃうし、吉野のお家《うち》は遠いから」

　生まれたときから木枯町を出たことのないあたしと違って、吉野の出身は県を二つほど越えた場所だ。車で数時間とはいえ、頻繁《ひんぱん》に行き来ができる距離ではない。

「櫻子も一緒？」

「あたしは無理かなあ……って、ああ、もう泣かないの！」

「帰りたくない。ママもパパも、俺のこと嫌いだから」

吉野の両親が不仲であることは、あたしも知っていた。まだ中学生のあたしにも伝わるくらいだから、向こうも隠す気がないのだ。

だいたい、春休みだからと言って、小学生の吉野をひとり木枯町に預けたことが気に食わない。仕事が忙しいのは本当だとしても、置いていかれた吉野の気持ちなんて、まるで分かっていないのだ。

不仲な両親に挟まれて、吉野はいつも寂しそうにしている。大人たちの割を食うのは、いつだって小さな彼だった。

「あたしは、吉野のこと嫌いじゃないけどなあ」

口にしたのは、ほんの気休めだ。吉野が本当に欲しいのは、こんな親戚のお姉さんからの気持ちではなく、実の親からの愛情だと知っている。

あたしは、彼の両親の代わりにはなれない。

「本当？」

なのに、嫌いじゃない、なんてちっぽけな言葉に、吉野は泣き止むのだ。

毎日会えるわけではない。手紙やメール、電話での遣《や》り取りをしたところで、いつも傍《そば》にいられるわけではない。

この子が本当につらいとき、大丈夫だよ、と抱きしめてあげることもできない。

そんなあたしの言葉で、どうして吉野はこんなにも喜ぶのだろう。

「俺も、櫻子が嫌いじゃないよ。大好き。櫻子が家族だったら良かったのに」

あたしは屈《かが》みこんで、吉野と目線を合わせる。

まるであたしと似ていない顔は、家族と呼ぶには遠く、血の繋がりの薄さを感じさせた。

あたしと吉野は親戚だけれど、血縁上は他人に近いのだ。

それでも、あたしと彼には、きちんとお揃いがあった。

「あのね、吉野の名前はね、あたしとお揃いなんだよ。桜の名前」

「変な名前って、小学校でいじめられる」

「染井吉野《そめいよしの》っていう、桜からとったんだって。春の名前なんだよ、吉野は。あたしと同じ。だからね、……ええと、あたしたち、家族になれるんじゃないかな」

うまく言葉が見つからなくて、困ったように笑うと、吉野はぎゅっと繋いだ手に力を込めてきた。

「じゃあ、結婚してくれる？　俺と」

「……けっこん」

「お嫁さんにしてあげる。家族になってくれるんだよね？　櫻子、嘘ついたら針千本だって、いっつも言うだろ。嫌だよな、針を千本も飲むなんて」

「あのね、吉野。あたし、吉野のことは弟みたいに大事で」

「弟みたいなら、本当の弟じゃない。俺、櫻子のことお姉ちゃんなんて思ったこと一度もないよ。……だって、櫻子がいちばん可愛い。ずっと櫻子のことが好き」

四歳も年下の子で、まだ小学生だ。弟みたいに思っている。なのに、こんなにも胸が締めつけられるのは、どうしてだろうか。

「吉野がもっと大きくなって、いろんな女の子に会って。それでもあたしが良いって思うなら、また言ってくれる？　結婚してって」

「約束だからな。別の奴と結婚したら死んでやる」

あたしは頷《うなず》いた。この子の前でだけは、嘘つきになりたくなかった。

吉野は本当に嬉《うれ》しそうに笑った。だから、あたしは思わず、首から提げていたデジタルカメラを構えた。

ぱしゃり、と音を鳴らす。吉野が頬を膨らませて、消せよ、と騒いだが、絶対に消したくなかった。

いつか、彼は心変わりするかもしれない。こんな親戚のお姉さんではなく、いつも彼の隣にいてあげられる人に恋をする。

それでも、この瞬間に好きと言ってもらえたあたしは、世界で一番の幸せ者だ。

●○○●○○●

同調していた意識が剝がれて、湊は現実へと引き戻されていく。

「桜の栞を。あの子に、どうか渡して」

水槽に触れていた女性――櫻子は愛おしそうに笑って、消えてしまった。その笑顔の先にいたのは、きっと可愛い男の子だろう。

吉野。湊が図書館で親しくしている男子生徒だった。

「あの人が、櫻子さん」

「知り合い？」

「わたしの前任者です。一年ちょっと前、通り魔に殺されてしまった」

「ああ。司書の求人なんてめったに出ないから不思議だったけど、そういう事情だったんだ。――通り魔、か。勇魚《いさな》、起きている？」

煙草を片手に、凪は長椅子に投げられていたタブレット端末を起動させる。

通信用のアプリを開いて、デフォルメされたクジラのアイコンを揺すれば、しばらくして応答があった。

『……さすがに起きている。まだ日が沈んだばっかだろーが』

画面の向こうから、いかにも不機嫌そうな男の声がした。

「ごめんね。夜遅くに話しかけると、君、怒るから。通り魔事件のこと教えてくれる？櫻子という女性が亡くなっている」

凪は、町民の出生や死亡についての記録、過去に起こった事件等、人の生き死に関わる情報を蓄積したデータベースを持っている。

町に纏《まつ》わる様々な情報を取り込み、紐づけさせていくそれは、凪の友人である勇魚という男が手掛けたもので、管理権限も勇魚にあった。

凪はデータベースの管理を勇魚に丸投げしているので、調べものがある度、彼のことを呼び出していた。

『一年と少し前、真冬の頃だな。木枯学園の図書館で司書補をしていた女が、ひとり殺されている』

タブレットに提示されたのは、地方新聞の記事だ。

大雪となった冬の日、司書補の女性が殺された。

遺体は刃物で切り裂かれ、顔だけが綺麗だったという。半身を海に浸すよう、消波ブロックに引っ掛けられていた彼女が発見されたのは、明け方のことだった。

「通り魔って、たしか以前もあったよね」

凪の質問に、クジラのアイコンが怒ったように赤くなる。

『ここ十年くらいの間で、若い女が何人も殺されている。始まりは、あれだな。母子《ぼし》通り魔殺人事件。母親だけ殺されて、幼い息子は助かったやつ』

「それなら憶《おぼ》えているけど。櫻子の件も、同一犯？」

『他の被害者と遺体の状況が似ているから、警察は同一犯の線で追っているみたいだな。本当、物騒な町だよ。怖《こえ》えよ』

「犯人、まだ捕まっていないの？」

『捕まっていないなあ。木枯町じゃ珍しい話でもねえだろ。あちこちで人が死ぬ。いまも町に住んでいるお前らが信じられねえよ。湊ちゃん、また東京とかに逃げた方が良いんじゃねえの？』

「勇魚」

『はいはい、余計なことは言うなって？』

「うん。今日はもう良いよ、ありがとう」

『礼なんて要らねえよ。仕事だから、お前が金払ってくれるうちは付き合う』

通信が切れて、タブレットの画面には新聞記事だけ残された。いまだ通り魔が捕まっていないならば、殺された女性たちも浮かばれないだろう。

「自分を殺した通り魔が捕まっていないことが、櫻子さんの後悔なんでしょうか?」

だから、彼女の魂は、海に還ることができない。

「君の目は、あいかわらず節穴だね」

「節穴って。十年以上やっている凪くんに比べたら、ぜんぜんこの仕事のこと分かっていませんけど」

「分からなくて良いんだけれどね、こんな役目。ねえ、湊。日曜日、珍しく仕事お休みだったよね? 休日に職場まで行かせて悪いけど、学校図書館まで付き合ってくれる?」

「構いませんけど。案内すれば良いんですか?」

「うん。少し確かめたいことがあるんだ」

凪はそう言って、短くなった煙草を灰皿に押しつけた。

2.

日曜日になり、湊と凪は私立木枯学園に向かった。

「もう少しで満開ですね。櫻子さんの記憶みたいに」

校門前にある桜並木は、あちらこちらで蕾が綻《ほころ》びはじめている。千本近い桜が並ぶ道は、町内では有数の桜の名所で、毎年、多くの人々が訪れる。

櫻子の記憶にある桜並木も、ちょうどこの道だった。

「染井吉野の名前を持つ少年に、桜の栞、か」

凪は独り言のように零《こぼ》した。

「桜の栞って、櫻子さんが言っていたやつですね。何のことだったんでしょうか？」

――桜の栞を。あの子に、どうか渡して。

海月館を訪れた彼女は、微笑《ほほえ》みながら、その願いを口にした。

「湊は、栞というものが何か分かっている？」

「……？　本に挟むものです。どこまで読んだのか、ページ数を忘れないために」

「そうだね。なら、シオリという音が、どういう字を書くか知っている？　こんな和歌があるのだけれど」

戸惑う湊を置き去りにして、凪はすらすらと諳《そら》んじる。

「吉野山去年《こぞ》のしをりの道かへてまだ見ぬかたの花を尋ねむ」

湊は頭のなかで和歌の意味を辿《たど》ってみる。

「ええと。吉野山よ、去年とは違う道で登って、まだ見たことのない花を探してやる、みたいな感じですかね？」

「だいたい合っているけど、風情のない訳だね。この歌の《しをり》は、枝折《しおり》と書くのだけれど。枝を折って、山中の道に目印をつけること。そして、この歌の花は桜のことだし、吉野山はまさしく桜で有名な吉野山だね」

さすがの湊も、奈良県にある吉野山のことは知っている。桜の名所で、毎年、多くの人々が足を運ぶ土地だった。

「吉野山の桜って、染井吉野なんですか？」

「違うよ。吉野の桜は昔からある山桜で、染井吉野はわりと新しい品種。とはいえ、その名前はもちろん吉野の桜にあやかったものだ。櫻の名前を持つ女性は、桜の名を持つ男の子に、どんな栞を渡したかったんだろうね」

「櫻子さんが言う《あの子》って、やっぱり吉野くんなんですね。彼、いま高等部の三年生なんです。図書委員だから、わたしとも仲良くしてくれて」

「あれほど強く心に残っているなら、櫻子の後悔はその子にある。他を憶えていないということは、他は捨てられるものだった、ということだから」

「通り魔のことも？」

「そんな殺人鬼よりも、よほど強く後悔したんだろうね」

二人は校門を迂回《うかい》して、学校図書館に入った。

休日は閉められる校舎と違って、一般市民も利用できる図書館は年中無休だ。そのため、湊たち学校司書の休みはシフト制になっている。土日が休みとなることは多くないが、偶然、湊はこの日曜日が休みとなった。

「図書館、綺麗にしたんだね。俺のときはもっと古かったよ」

「数年前、改装したらしいですよ。床とか壁のリノベーションが中心だったので、ロッカーとかは古いままなんですけど」

湊は慣れた様子で、入館ゲートに職員カードを通した。

「遠田さん？　休みの日にどうしたのかな」

貸出カウンターで、上司である加島が目を丸くしていた。湊は愛想笑いを浮かべる。そういえば、今日の当番は彼だった。

実のところ、初めて会ったときから、彼のことは得意ではなかった。直属の上司とはいえ、いまだに苦手意識がある。

「少し読みたい本があって」

「借りていくのかな？　分かっていると思うけど、ちゃんと貸出の手続きしてね。たまに、職員だから、学校関係者だからって勝手に本を持ちだす人がいるんだよ。元の場所に返してくれたら良いけど、そうじゃないと手続きしていないから記録が残らなくて。本が迷子になってしまうんだ」

「勝手に持ち出したら、警報が鳴ると思いますけど」

学校図書館の入館ゲートは、手続きを踏んでいない本を感知すると警報が鳴る。外に持ち出すことは不可能だ。

「真面目《まじめ》な遠田さんと違って、職員用の勝手口から出入りする人間も多いんだよ。警報も意味ないからね、そんなことされると」

加島はカウンターを指でたたきながら、深い溜息をついた。勤めて十年以上の先輩司書の嘆きには、十分な実感が伴っていた。

「死んだ人のこと悪く言いたくないんだけど。櫻子さんが、そうだったんだよ」

「え？」

「亡くなる前、図書館の本を読んでいたのは見かけたんだけど、貸出記録が残っていなくてね。どの本か分からないけど、たぶん戻ってきてないと思うんだ」

「そう、なんですね。気をつけます、貸出の手続き」

湊は会釈《えしゃく》して、早足で図書館の奥へと向かった。いつのまにか、凪の背中が遠くなっていた。

「置いてかないでください」

「ごめんね。向こうが気づかないの分かっているんだけど、居心地悪くて。加島先生、まだ学園にいたんだね？　俺が図書委員だった頃から、ぜんぜん老けていない」

どうやら、凪は加島のことを知っていたらしい。凪が学園に在籍していた頃から、十数年しか経っていないので、当然といえば当然だった。

休日のためか、図書館に生徒の姿はなかった。一般利用者しかいない館内はいつもより空いており、テーブルにも空席が目立つ。

「凪くん、クラゲの図鑑ですよ。借りていきますか？」

海洋コーナーを通りかかったとき、大型の図鑑を見つける。

「書庫で毎日見ているのに、わざわざ図鑑でまで見たくないよ」

海月館の書庫には、円柱状の水槽があり、いつもクラゲが浮かんでいる。

ふわり、ふわりと水中を漂う彼らは、いつも同じ姿をしているわけではなく、不規則に姿かたちを変えるのだ。

「あんなに綺麗なのに？　見ているだけで楽しいじゃないですか。ほら、櫻子さんが海月館に来たとき、水槽にいたクラゲも載っていますよ。ユウレイクラゲ」

図鑑を引き抜いて、すぐさま該当《がいとう》する頁《ページ》を開いてみせる。

「うちの水槽にいたのよりも大きいみたいだけど」

「はい。実物は大きくて、大喰《おおぐ》らいで、しかも毒があるんです。乳白色で綺麗だけど、輪《りん》郭《かく》がはっきりしなくて、暗がりで見るとちょっと怖いんですよね」

「幽霊みたいだからユウレイクラゲ？」

「さあ？　本当にそうなら、そういう意味ではぴったりですね。海月館に」

凪は冷たく笑う。お気に召さなかったらしい。

「あの館に来るのが、幽霊なんて可愛いものだと思う？　あれは妄執《もうしゅう》だよ。死んでも忘れられない後悔なんて、人が持つべきものじゃない」

湊は何と返せば良いのか分からなかった。

凪は死者に否定的で、彼らの存在を疎《うと》んでいる。死者を導くという得体の知れない仕事も、本人が希望したのではなく、否応《いやおう》なしに継がされたものだ。

　湊は知っている。遠田凪は誰よりも死者に厳しく、誰よりも死者に優しい。誰彼かまわず同情してしまう湊より、よほど誠実なのだ。

「凪くんの言っていた、学校図書館で確かめたいことって？」

「櫻子の記憶にいた、吉野という男の子。彼が何をしているか確かめたかったんだ。俺の予想だと、きっと今日も図書館にいるよ」

「……学校お休みですし、わざわざ図書館には来ないと思うんですけど」

　そこまで言って、湊は動きを止めた。

　文庫本コーナーに、背の高い少年がいた。

　彼は棚から本を抜き出しては、ぱらぱらと頁をぜんぶ開く。中身を読んでいるのではなく、まるで頁と頁の間を検《あらた》めるように。

　一冊終えると、今度はその隣の一冊を取って、同じ動作を繰り返していた。

「吉野くん？」

　思わず呼びかける。彼は目を丸くして、湊のところまで駆け寄ってきた。

「湊ちゃん、休みじゃないの？」

「そっちこそ、どうしたの？　授業もないのに」

　細身のジーンズにざっくりしたニットを合わせた彼は、答えに迷ったのか、しどろもどろになる。

「……図書館便りに載せるオススメ本、また締め切り間に合わなくて。それに、本の匂いって落ちつくし、図書館は好きだし」

「でも、あんまり本は読まないよね？」

　図書委員会と司書で作っている図書館便りには、毎月、各自のオススメの本を掲載している。皆すんなり提出するのだが、一人だけ締め切りを破る生徒がいて、それが吉野だった。

「なんだ、バレてたんだ。うん、あんまり得意じゃない。どうして分かったの？」

「昔の自分と似ていたから。たぶん本を読む習慣がないんだろうな、って」

「本を読まないくせに司書になったの？　ふざけているね」

「昔、わたしより本を好きな人がいたんだよ。好きな人が好きなものだったから、いま司書になっているの」

　凪に視線を遣る。ばつが悪いのか、彼は顔を背けた。

「その気持ちは、ちょっとだけ分かるかも。ねえ、それクラゲの図鑑？」

「うん。いっぱい置いてあるんだよ、クラゲの本。ここは海神の町だから」

「ここの人たちって、すぐ海神、海神って言うけどさあ。気持ち悪いよ。そんな神様、余《よ》所《そ》じゃ誰も信じていないのに。海月伝説なんて」

それは、この町でだけ信じられている神様の物語だ。

港町である木枯町は、昔から海神を信仰する土地だった。語り継がれてきた海神の物語は、町の人間にとって最も身近な神話である。

「海神はクラゲの姿をした女神様。わたしたちを産んだ母、還る場所」

木枯町の神は、美しいクラゲの姿をしている。

彼女は命を生む女神であり、死んだ魂を導く死神《しにがみ》でもある。

夜になると海面に明かりを灯《とも》し、さまよえる死者の魂を安らかな場所に導く。安らかな場所に明確な名前はないが、いわゆる天国のような土地、と認識する人間が多い。

海の不幸が多く、思い出したように災害が起こる町だ。海に攫《さら》われた人々の安寧を祈るうちに、海神の教えは根付き、やがて死者すべてを悼《いた》む信仰となった。

木枯町は、いまも変わらず神話と共にある。

「湊ちゃんも神様なんて信じているの？」

「吉野くんは、神様はいると思う？」

湊は答えず、そっくりそのまま同じ質問をした。

「神様なんていない。いたとしても、とんでもないクズに決まっている。だいたい、クラゲの姿をした神様って気持ち悪いだろ。グロいし、無理」

吉野は心底嫌そうに、湊の持っているクラゲ図鑑を指差した。

「クラゲ、可愛いと思わない？　わたしは眺めるの好きなんだけど」

「趣味悪い。それなんて、お化けみたいじゃん」

「ユウレイクラゲ？」

「幽霊？」

「神様なんて信じない吉野くんは、幽霊も信じないよね」

吉野はうつむいて、ニットの胸元を片手で握った。

「……分かんない。でも、本当に幽霊がいるなら、会いに来てくれたら良いのに」

会いに来てほしい存在が誰なのか、湊は知っていた。

「櫻子さん？」

弾《はじ》かれたように、吉野が顔をあげる。その表情だけで、彼にとって、どれだけ櫻子が特別な存在だったのか伝わった。

眉根を寄せて、きつく唇を嚙《か》む姿は、泣くのを堪える子どものようだった。

「なんだ、湊ちゃんも知っていたんだ。自分の前に勤めていた人間のことなんて、興味なさそうにしていたのにさ。……そうだよ、櫻子が会いに来てくれたら良いのに。そうしたら、きっと言ってくれるから」

たった十七歳の少年が浮かべるには、あまりにも悲しい笑顔だった。吉野は暗いまなざしで、図鑑のユウレイクラゲを射貫く。

「俺を許さない、って」

吉野は背を向けて、逃げるように去ってしまった。

「ダメだよ、追いかけては」

湊を引き留めたのは、淡々《たんたん》とした凪の声だった。

「でも」

「俺の仕事は生きている人間を救うことじゃない。忘れないで、俺は死んだ人間のために、あの館にいるんだよ」

凪の言うとおり、彼の役目は生者に向けられたものではなかった。あの少年を救うことは、凪の役目ではない。

「吉野くんは、どうして許さない――許されないって、思っているんでしょうか」

彼は、死んだ櫻子に恨まれている、憎まれている、と思い込んでいる。そうでなくてはならない、と少年の瞳は語っていた。

「何を許さないのか。それは、きっと櫻子が憶えている。……ねえ、本も読まない少年が、わざわざ図書委員になったのは、どうしてだろうね」

「櫻子さんが司書補をしていたから？」

「それもあるかもしれない。でも、休日まで図書館に通う理由になるのかな。彼はきっと探しているんだ、桜の栞を。それが何なのかも分からないのに」

遠ざかる吉野に向かって、凪はつぶやいた。

3.

海月館の書庫は、いつも薄闇に包まれている。

「まだ夜は冷えますね」

キッチンで淹《い》れてきた紅茶のカップをひとつ差し出すと、長椅子に寝転んでいた凪が顔をあげる。

「ごめん、気分じゃないから」

「お茶くらい、一緒に飲んでほしいんですけど」

「また今度ね」

典型的な断り文句だった。

凪は食べること、飲むこと、そういった行為が好きではない。湊もまた、彼の事情を知っているから強く出ることができなかった。

「……櫻子さん、あれから来ていませんか？」

「そのうち現れるよ。死んでも忘れられない後悔がある限り、海には還れない」

「桜の栞って、押し花とかでしょうか？　もしくは、桜の柄が描かれているとか」

「俺は、湊のそういう素直なところが好きだよ。裏を探らなくて良いから」

「今、ばかにしましたよね？」

「可愛いなって。湊は、本に栞を挟むのは、どこまで読んだのか忘れないため、と言ったよね。俺は少し違うと思っている」

「違う？　栞なんて、他に使い道ないと思うんですけど」

凪は立ちあがって、書棚から一冊の本を抜き出す。

「栞を挟むのは、どこまで読んだかではなく、何を読んだか忘れないため。栞を挟むことで、記憶を刻みつけて、過去を忘れないようにするんだ。あの和歌に出てくる《しをり》――枝折《しおり》という言葉も同じだろう？　枝を折ることで、過去に辿った道を忘れないようにする」

吉野山去年《こぞ》のしをりの道かへてまだ見ぬかたの花を尋ねむ

凪が教えてくれた和歌がよみがえる。

「ページ数ではなく、今までの内容を忘れないための行為、ということですか」

たとえば、一冊の文庫本があるとして、ちょうど百ページ目に栞を挟む。それは百という数字ではなく、百ページ分の物語を忘れないための行為なのだ。

「櫻子は、栞を挟むことで、大事な思い出を繰り返し刻みつけていたんだ。それだけ大事な記憶だったから、死後も忘れることのできない後悔となった」

「栞そのものが後悔なんですか？　でも、まだ栞の正体も分からないのに」

「俺は想像つくよ。彼女にとっての後悔は、きっと愛する少年の形をしている。思うに、吉野と櫻子は付き合っていたか、そうでなくても近しい関係性だった」

湊は飲んでいた紅茶を噴き出す。口元を押さえて咳《せ》き込むと、凪が背中を撫《な》でてくれた。

「……それは、ちょっとないんじゃないですか？　社会人と学生で、学校関係者と生徒ですよ。吉野くんまだ子どもで、二人は親戚でもありますし」

「ふふ、俺たちのこと忘れていない？」

吉野よりも幼いとき、すでに湊たちは付き合っていた。

そして、凪と湊の関係性は親戚――ハトコである。まるきり彼らと似た状況で、おそらく彼らよりも性質《たち》が悪かったことを、互いに理解していた。

「愛する人が、殺されたんですね」

心臓が握りつぶされたかのように痛かった。

親戚のお姉さんに、確かな恋心があったとしたら、なんという地獄《じごく》だろうか。吉野が亡くしたものは、まさしく掛けがえのないものだった。

無残にも奪われた愛する人の命。捕まらない犯人。そして、愛する人が死んだのに、変わることなく巡っていく世界。

何もかもが、きっと少年を傷つける刃《やいば》にしかならなかった。

「吉野くん、幽霊でも良いから会いたい、って。会って、憎まれたいって」

愛する人に憎まれたい。そんな気持ちを抱えたまま、吉野は生きていくのか。永遠に癒《い》えることのない傷を抱えて、この先の人生を歩むのか。

そのとき、ドアベルが鳴って、櫻子が現れる。

桜のように可憐な女性は、何度見ても吉野と似ていない。しかし、この女性が彼の特別だったと思うだけで、似ているところを探してしまった。

櫻子は、そっとクラゲのたゆたう水槽に額を寄せる。薄闇に浮かぶ白いクラゲは、さながら幽霊そのもので、さまよえる魂を暗示するかのようだった。

湊は目を閉じた。櫻子の記憶に、後悔のかけらに、意識が引きずられる。

●○○●○○●

満開の桜から、甘い香りがした。

風にまぎれた春の香りが、とても好きだった。自分の名前と同じで、自分の大好きな男の子の名前とも同じ花だから。

桜の季節になると、いつも吉野と歩きたくなる。

「綺麗に咲いたね、今年も」

「咲かなかった年なんてないだろ。ここの桜、すっごい金かけているみたいだし。マジで意味分かんねえよな、この町。どこにそんな金があるんだよ」

「さあ？　海神様のおかげかな」

桜並木にまぎれた祠《ほこら》を指差す。海神のための祠や社《やしろ》は、この町の至るところに置かれていた。祠の前で両手を合わせると、吉野は顔を歪《ゆが》めた。

「出たよ、うさん臭いカミサマ。俺、ぜったい信じないから」

「どうして？　みんな信じているのに。ほら、図書館に置いてある栞だって、クラゲの形があるでしょ？　あの形がいちばん人気なの。作ったあたしも嬉しい」

学校図書館には、無料配布のグッズとして紙の栞が置いてある。品切れが一番早いのはクラゲの形をした栞だった。

この町で生まれ育った人間は、自然と、その形を手に取ってしまう。

近隣都市や県外からも学生を受け入れているとはいえ、学園には町で育った人間も多い。学校図書館は地元の人間も利用するから、なおのこと。

「あのセンスない栞、櫻子が考えたのかよ。自分は栞なんて使わないくせに。本読んでいるとき、いっつも写真みたいなの挟んでいるだろ？　栞じゃなくて」

「よく見ているのね？　本なんて一冊も読まないくせに」

「だって、読んでいると眠くなるから。あれ何？　好きなアイドルの写真とか？　櫻子って面食いだもんなあ。俺なんかより、ずうっと好きな男がいるんだ」

「べつに。普通の写真よ、普通の」

慌てて誤魔化す。とてもではないが、吉野にだけは話すことができなかった。吉野はつまらなそうに唇を尖《とが》らせた。

「図星かよ。ねえ、櫻子。俺、すぐ大人になるから。ぜったい、そこらのアイドルなんかより良い男になるから。だから、約束守ってよ」

「約束って何の？」

嘘。本当は知っている。彼の言う約束を忘れたことはない。

「誤魔化すなよ、憶えているくせに」

「……なあに。今も、あたしのこと好きなの？」

「今も、これから先も、ずっと大好き。櫻子がいるなら、父さんも母さんも要らない。だいたい、そうじゃなきゃ、県外からこんな町まで来ない」

実の両親に酷いことを言わないで、と注意するべきなのだろうか。でも、あたしは、吉野が苦しんで苦しんで、この町にやってきたことを知っている。

何度も傷つけられて、やがて両親に期待しなくなった彼を見てきた。

「大好き。本当に好き。どうしたら、信じてくれる？」

ぎゅっと手を握ってきた小さな男の子は、櫻子の身長を追い越した。あっという間に、櫻子が働きはじめた十八歳にもなるだろう。

「いつも信じているよ。待っている、吉野が大人になるのを」

泣いている男の子を見つけた日から、きっとあたしの運命は決まっていた。もう、この手を放すことができなかった。

繋いだ手にすがりついたのは、吉野ではなくあたしだったのだ。

言ってあげたい、この子が大人になったとき。あたしがどれだけ、あなたに好きと言われて嬉しかったのか。

同じだけの言葉と、同じだけの気持ちを返してあげたかった。

――なのに、どうして、あたしはこんなところで寒くて、震えているのだろう。


港の明かりが遠くに灯っている。

波打つ海の音が、夜風とともに鼓膜《こまく》を揺らした。冷たい海の傍では、手を伸ばしたところで、あの子には届かない。

通り魔は、ぐったりとしたあたしを消波ブロックに引っ掛けた。とどめを刺さないのはきっと、この傷では助からない、と気づいているからだ。

「よし、の」

可愛い男の子、手を繋いでくれた子。いつか彼が大人になったとき、幸せに、何でもない日々を二人で過ごすと信じていた。

「痛いよ、ねえ」

潮と血の臭いがする。必死で伸ばした手は、もうあの子と繋ぐことはできない。

せめて、と思って、肩にかけたままの鞄《かばん》に触れる。その中にあるはずの文庫本を探して、あたしは力なく笑った。

こんなときに限って、職場のロッカーに忘れてきてしまうなんて笑ってしまう。

もう会えないなら、せめてあの栞と一緒に死にたかったのに。

まなうらに、美しい薄紅の景色があった。満開の桜並木を二人で歩いて、いつまでも、いつまでも一緒にいたかった。

けれども、あの優しい春の日は、二度と訪れることはない。

好き、と言ってくれた。子どもの想い、と誰に謗《そし》られても良かった。彼が与えてくれた想いだけで、いつまでも生きていける、と本気で思っていたのだ。

――吉野。あたしと同じ花、あたしと同じ春の名前の子。

あなたと過ごした春を忘れない。

あなたと過ごす春を、いつだって夢見ていたの。

●○○●○○●

「桜の栞を。あの子に、どうか渡して」

櫻子は微笑んで、空気に融《と》けてしまった。

湊は両手で顔を覆った。か細い息を吐いて、きつく唇を嚙んだ。そうしなくては、死者の記憶に同調して、離れられなくなる。

「そういう、ことだったんですね」

吉野が図書館に通っていた理由が、ようやく腑《ふ》に落ちた。まるで何かを探すように、手当たり次第に本を開いていたのも、きっとそれが理由だった。

「心当たりが？　お嬢さん」

凪は煙草に火をつけて、食えない笑みを浮かべていた。今回の件について、はじめから湊に任せるつもりだったのだろう。

そのために、湊が書庫にいることを咎《とが》めず、故人の記憶を見ることを許した。

「凪くん、本当はぜんぶ知っていたんでしょう。櫻子さんが学校図書館に勤めていたことも、何を後悔していたのかも。彼女、以前もこの館に来たことがあるんですね」

忘れることのできなかった後悔が消えるまで、死者は海月館に現れては、さまようことを繰り返す。湊が不在のとき、彼女が館を訪れていても不思議ではない。

「ぜんぶは知らないよ。でも、湊に関わることは何でも知っている。君のことなら何でも知りたいんだ」

凪は唇をつりあげる。人形のように顔が整っているため、笑うだけで、何でも許してしまいそうになった。

「ストーカーですよ」

「そんなストーカーが好きなくせに。忘れないで、俺にぜんぶあげるって言ったのは君だよ。だから、君の心のひとかけらだって、本当は他人になんてあげたくない。……でも、優しい君は、誰にでも同情してしまうから」

「凪くんだって、そうでしょう?」

「俺は君みたいに肩入れしないよ。櫻子にも、まして生きている吉野になんか絶対に」

嘘つきな男だ。誰よりも死者に共感し、寄り添っていながらも、その事実を認めることはない。

「わたしは、肩入れしてあげたい。そう思ってしまいました」

「なら、好きにしなよ」

凪は煙草を持っていない方の手で、湊の頭を乱暴に撫でる。

朝風に桜の花が揺れる。薄紅に色づく花々は、満開まであと少しだった。

「散歩に付き合ってほしい、なんて。どういうわけ？　こんな朝早くから」

湊の一歩先を歩く吉野は、あくびを嚙み殺した。

寝ぐせで跳ねた髪が、あどけない横顔にかかる。青年というより、まだ少年だった。体つきは大人びても、湊には虚勢を張って前を向く、いじらしい子どもに見える。

櫻子の記憶を追体験した今だからこそ、なおのこと、そう感じた。

「懐かしいかな、と思ったの。だって、櫻子さんと二人でよく歩いたでしょ？」

吉野は足を止めた。

「……なんで、そんなこと知っているんだ」

「櫻子さんに聞いた。そう言ったら、笑う？」

吉野は目を見張って、それから苛立たしそうにローファーを地面にこすりつけた。

「湊ちゃん。幽霊なんて本気で信じているわけ？　俺があんなこと言ったから。冗談に決まってんだろ」

「不思議なモノは、意外と身近にあるものだから。わたしたちには説明できない何かって、此の世にはたくさんあるの。――吉野くんは、栞を知っていますか？　本に挟む」

「はあ？」

「枝を折る、で枝折《しおり》とも書くんだって。山の中で枝を折って目印にするの、道を忘れないために。本に栞を挟むのも、今までのことを忘れないため。だから、忘れたくないいものを栞にするのかもね」

「何が言いたいんだよ。湊ちゃん、櫻子のことなんて知らないだろ」

「見つからないんだよね？　櫻子さんがいつも使っていた栞。形見にもなかった。吉野くんが図書館に通うのは、小さな望みにかけたから？　もしかしたら、何かの本に挟まっているかもしれない。無謀《むぼう》でも、あり得なくても、諦《あきら》められなくて、あなたは彼女の栞を探した」

　学校図書館には何万冊もの本が蔵書されている。その一冊一冊を、吉野はすがるような想いで開いて、あるかも分からない栞を探した。

　形見にないのならば、彼女が勤めていた図書館の本に挟まっているかもしれない。見つかるはずがない。本当に図書館にあるかも分からない。それでも、そんな不毛なことをせずにはいられなかったのだ。

「櫻子のことなら、もう良いよ。ぜんぶ終わったことだから」

「あなたの中では、何も終わっていないのに？」

吉野は眉をひそめて、湊を睨みつける。

「あいつは死んだ、俺のせいで。あんただって、そう思うだろ？　櫻子が町に残ったのは、俺がいたからだ。こんな県外から押しかけてきた、親戚のガキに気を遣ったんだ。頭の良い女だったし、本当なら何処にだって行けたのに」

「吉野くん」

「可哀そうだよな。俺のことなんて無視して、この町から離れていたらっ……、あんな事件に巻き込まれることなかったのに。あいつがこの町に残って、ここに就職したのって、俺のためなんだよ」

「櫻子さんは、吉野くんのせいだなんて思っていないよ」

「あんたは櫻子じゃないだろ！　分かった風な口利くんじゃねえよ！　……っ、みんな忘れろって言う。櫻子をなかったことにする！　俺が櫻子を好きでいると、忘れられずにいると、そんなの櫻子は望んでいないって言うんだ。ふざけんなよ、なんで俺たちのことを他人に好き勝手言われなくちゃならない！」

　周囲の人間は、決して悪意があって、吉野に言葉をかけたわけではない。

　永遠に変わることのない死者と違って、生きている人間は立ち止まれない。変わっていく身で、変わらない死者を想う苦痛を、未来ある少年に背負わせたくなかったのだ。

だが、そんな優しい言葉の数々が、いつだって吉野の心を傷つけた。

「今まで笑っていた人が、もう会えなくなる。二度と話せない、抱きしめてもらえない。周りで笑っている奴らが、みんな憎くなる気持ちなんてっ……、ぜんぶ、死んじゃえって思う気持ちなんて、あんたには分かんねえだろ。だって、湊ちゃん、いつもヘラヘラ笑っている。いつも幸せそうだった！」

吉野は怒鳴り声をあげて、湊の胸倉を摑《つか》んだ。まだ少年の面影が強い、育ち切っていない十七歳の男の子の力は、思っていたよりずっと弱々しかった。

愛する人の死に心をぐしゃぐしゃに潰したまま、いまも彼は息をしている。

「あいつ、最期《さいご》に何を想ったんだろう。俺のこと憎いって、許さないって、想ったに決まっている！　だって、俺がいなければ、櫻子があんな目に遭うことなかった。俺がこの町に行きたいって、櫻子と一緒にいたいって、お願いしなければっ……！」

吉野は膝《ひざ》から崩れ落ちて、地面を殴りつけた。

死にゆく人は、生きている者に癒えることのない傷を遺《のこ》す。

吉野の心はもう、一生もとに戻らない。どれだけ時が過ぎても、生きている限り、喪われた人を忘れることはない。

ならば、せめてその傷が優しいものであることを。彼の行く末を支えるものであることを祈っている。

湊は屈んで、汚れて、血の滲《にじ》んだ吉野の手をとった。

「あなたの気持ちはよく分かる——そんなこと言わないよ。言ってはいけないことだから。誰かの傷を理解するなんて、絶対にできない。どんなに愛していても、ひとつになんてなれるわけないように。みんな、他人なの」

誰かの傷や痛みは、本当の意味で分かってあげることも、癒《いや》してあげることもできない。けれども、その傷に寄り添うことに意味はあるだろう。大好きな人から、湊はそう教えてもらった。

だから、この町に戻ってきた。十年前に捨てた場所に、大好きだった凪のもとに戻って、こんな誰にも信じてもらえない仕事を手伝っている。

「吉野くんが苦しいのは、櫻子さんを信じられないからだよね。疑っているの、彼女の気持ちを」

憎い、許さない。吉野がそう言ってほしかったのは、櫻子の気持ちを知らないからだ。

本当に自分を好きでいてくれたのか、子どもの我儘《わがまま》に付き合ってくれただけなのか、死んだ彼女は応《こた》えてくれない。

「櫻子さん、本を読むとき栞の代わりに写真を挟んでいたんだよね？　いつも。吉野くんは、ずっと探していた。櫻子さんのかけらを」

吉野が顔をあげる。どうして、と揺れる瞳は語っていた。

本を読まない男の子が、毎日、図書館に通っていた理由。膨大な本を開いては閉じて、探していたのは、好きな人が遺したものだった。

櫻子が本を読むとき、いつも栞代わりに挟んでいた写真。

それが形見として見つからなかった。彼女が殺された日に読んでいた本に、写真は挟まっているはずなのに。

どんなに探しても見つからないのは当然で、その本は櫻子が借りたまま、返却されることなく職員用のロッカーに仕舞われていた。誰も手をつけることができずにいた、彼女が使っていたロッカーに。

正式な貸出手続きを踏んでいないから、図書館の貸出記録にも残らなかったのだ。

「櫻子さんは、吉野くんのことが大好きだったんだよ」

湊は、鞄から一枚の写真を取り出した。

桜並木の下で、無邪気に笑った男の子。それが誰なのか、湊はもう知っている。

この写真からも分かる。櫻子は心から吉野を愛していたのだ。だからこそ、最期のときまで彼を憎み、恨むことはなかった。

「好きだって、一度も言ってくれなかったんだっ……、あいつにとって俺なんて、親戚のガキで。俺との約束も、きっと、まともに受け取ってくれてなくて」

　湊は首を横に振った。

「好きって言葉は難しいの、とても」

　どれだけ愛していても、好きでも、素直に口に出すことができない。大人になるほど、余計なしがらみばかり増えて、感情を表に出すことに不器用になっていく。

「でも、この写真から分かるよ。櫻子さんが、吉野くんのこと大好きで、あなたの気持ちが嬉しかったことくらい。……そんなの、わたしなんかより、吉野くんの方がよく分かっているよね」

　写真を渡すと、吉野は宝物のようにそれを抱きしめた。背を丸めて泣きじゃくる姿に、湊は思う。

　櫻子が死んでからずっと、吉野は泣くこともできずにいたのかもしれない。

　桜の栞は、桜の名を持つ男の子の姿かたちをしていた。彼だけが、死んだ彼女が忘れることができなかったもの。

　大好きだと言ってくれた男の子に、好き、と言えなかった。伝えられなかった。

　それがきっと、櫻子の後悔だった。

4.

桜の花弁がひらり、ひらり舞っていた。

「おはよう、湊ちゃん」

湊が振り返ると、制服姿の吉野が駆けてくる。

「今日は早いんだね？　寮生の子って、いつも遅刻ギリギリだと思っていた」

「それは間違っていないけど。今日くらい、ゆっくり桜を見たくて」

「綺麗だよね。ようやく春が来た気がする」

暦《こよみ》の上では、とうに春を迎えている。しかし、この花を見ないと、春になったという実感が湧かない。

「櫻子も同じこと言ってた。……あのさ、俺、湊ちゃんが図書館に採用されたとき、すごく嫌だった。あんた櫻子に似ているし、櫻子の居場所を奪われたみたいでムカついた」

「似ているかな？　歳だって結構離れているのに」

「似ているよ、背格好とか雰囲気が。加島さんは分かってくれたのに。ま、今思うと、誰が来てもダメだった。櫻子と似ている、櫻子の居場所を奪うって、憎かった。……でもさ、あんた思っていたよりずっとお節介で、ずっと優しいんだもん。他人のことなんて放っておけば良いのにさ。その、ありがと。いろいろ」

湊は苦笑した。心根の真《ま》っ直《す》ぐな少年は、部外者である湊にさえ感謝する。

「違うよ。わたしはわたしのために、あなたたちの事情に踏み込んだの。それがわたしの大好きな人のためになると知っていたから」

吉野は頰を指でかいた。

「なんかよく分かんないけど、それでも良いや。あんたのおかげで、いろいろ考えるきっかけになったから。——次の休みさ、実家に帰るんだ。将来のこと、両親と話してくる。それで、高校を卒業したら木枯町には二度と戻らない」

「……そう」

「ここは櫻子との記憶が多すぎるから、上書きしたくない。あいつと過ごした記憶も、思い出も、ぜんぶこの町で終わらせる。そうしたら、きっと忘れないよな？　……俺さ、怖いんだ。いつか、あいつのことも忘れて、なかったことにして、見ないふりをして幸せになりたくない」

「大丈夫。忘れることなんてできないよ」

「なんで、そんな自信満々に言うわけ」

「先輩だから、あなたの。――死者への初恋は一生消せない傷になる。忘れたくても、捨てたくても、なかったことになんてできないの。だから、あなたはその傷を抱えて、ずっとこの先も生きていく」

湊は知っている。愛する人の死と、遺される傷を。その傷は吉野と同じかたちをしてはいないが、やはり似た傷である。

「なんだよ、それ。呪いみたいだ」

「呪いだよ。でも、そんな呪いが、生きている人間の支えになることもあるんだよ。だから、悪くはないの」

永遠に癒えることのない傷が、呪いとなって、いまも湊を生かしているように。

「そっか。呪いか。なら、俺、大人になっても櫻子のこと忘れない。永遠に、ずっと。……呪いなら、忘れなくたって仕方ないよな」

吉野は笑った。その笑顔は、今まで見てきたどんな笑顔よりも不格好だった。けれども、きっとそれが彼の本当の笑みなのだ。櫻子という女性が愛した、真っ直ぐで可愛い男の子の笑顔だ。

湊はスマートフォンのカメラを構えて、シャッターを切る。

吉野は目を見張って、それから泣きそうな顔でもう一度笑った。

●○○●○○●

海月館に帰ると、凪が水槽の前に立っていた。いつも本ばかり読んでいる彼にしては珍しく、たゆたうクラゲを眺めている。

「おかえり。今日は遠回りしてきたの？　いつもと違う道を通ってきたね」

言葉に棘《とげ》はないが、声色《こわいろ》には責めるような響きがあった。腕時計を見れば、予定していた帰宅時間よりも三十分ほど遅い。

「いつも疑問に思っていたんですけど、どうして分かるんですか」

「君のことが好きだから、君のことは何でも知っているだけ。疚《やま》しいことでもあるの？　浮気かな」

「コンビニ寄ってきただけです。いまって便利ですよね、すぐ写真の現像できますし」

「ああ。桜の栞が見つかったんだね」

湊が頷くと、ちょうどドアベルが鳴った。扉も窓も閉め切られた書庫に、何処からともなく冷たい風が吹いて、ひとりの女性が現れる。

湊は鞄から一枚の写真を取り出して、迷わず彼女に渡した。

不思議そうに首を傾《かし》げた彼女は、やがて大きな瞳を揺らす。堰《せき》を切ったように、彼女の頰を透明な滴《しずく》が伝った。

桜の下で、現在《いま》を生きる吉野が笑っている。

彼女が使っていた栞よりもずっと成長した姿で、けれども笑顔だけは同じだった。

「好きと言えなくても。好きだって伝わりましたよ」

だから、吉野は桜並木の下で笑ったのだ。

愛する人が、自分のことを愛してくれたことを、もう疑うことはない。彼女を忘れることなく、その思い出を抱きしめて、彼は未来を生きてゆく。

書庫の景色が揺れて、あたりは夜の海へと変わりゆく。月の光さえも届かぬ暗い海に、点々と青白い明かりが灯された。

それは此の世と彼の世をつなぐ橋のような、無数のクラゲが創《つく》りだす道だ。さまよえる魂を、海神の——母なる女神のもとへ導くための灯《ともしび》だった。

光に導かれるよう、櫻子は歩きだす。

「吉野、大好き」

愛する少年の写真を抱いて、春のように可憐な人は海を渡っていった。

祈るように手を合わせた湊と違って、凪は瞬《まばた》きもせず彼女を見送る。そのまなざしは、凪《な》いだ海のように穏やかだった。

「ちゃんと、海神のもとに還れたんでしょうか」

凪は頷いて、そっと円柱状の水槽に手を伸ばす。ゆらり、ゆらりと揺れるクラゲは、いつぞやと同じユウレイクラゲである。

「還れたよ。この町で生まれ死にゆく命は、すべて海神のもとに迎えられる。善人も悪人も、幸福な人も不幸せな人も、ぜんぶ関係なく海神の胎《はら》のなか。俺たちは永遠に、あの気味の悪い神様から逃れられない」

「また、そんなこと言って。海神に聞こえちゃいますよ」

水槽のクラゲは、日によって様々な種類に変わる。彼らは実際に生きているクラゲではなく、海神の一部ともいうべき存在だった。

「聞こえても向こうは気にしないよ。──ねえ、神様はいると思う？」

それは何度も繰り返された問いだ。

「新興宗教の教祖にでもなるつもりですか？　似たようなものですけれど。遠田はそういう家系だから」

海神を祀り、海神の神託を受けた巫女《みこ》の血筋。

海神の手足であり海神の所有物《モノ》。

遠田家の家業とは、さまよえる死者を海神の御許に導くこと。洋館と不釣り合いな石段や鳥居は、もともと、この土地には海神を祀る神社があった。当時の名残である。気の遠くなるような昔から、湊たちの血筋は海神の僕《しもべ》なのだ。

「神様なんていない。あれは《運命》みたいなもの。意志があるものでも、まして慈悲深い存在でもない。ただ、あるものを、あるべき場所に導くための仕組みだ」

凪の言う《運命》とは、あらかじめ定められた、その人が辿るべき道のこと。この町の人間は、母なる海神から生まれて、その御許に還る。そう定められている。

海神は死んだ者を憐《あわ》れみ、自《みずか》らの御許に導くのではない。彼女はあるものをあるべき場所に導く、生と死を司《つかさど》る巨大な仕組みでしかない。

湊は両手を伸ばして、凪の柔らかな髪を撫ぜる。人形みたいに整った貌を覗《のぞ》き込むと、青みがかった目は、暗くて深い、海底の青をしていた。

「愛しています。大好きですよ、凪くん」

「突然、どうしたの？　君がそんなこと言ってくれるなんて珍しい」

「伝えたくなったんです、とても」

「ばかだね、湊は。生きている人間にも、死んだ人間にも同情する。君はそんなことしなくても良いのに。重ねてしまったの？」

昔から、凪には隠し事ができない。湊の心など筒抜けだった。

吉野にも櫻子にも、湊はあらゆる気持ちを重ねてしまった。決して同じではないと知りながらも、あまりにも似ていたから。

「吉野くん、卒業したら木枯町には戻らないそうです」

「そう。君と違って、永遠に戻ってこないのだろうね」

「だめですね、わたし。違うと分かっているのに重ねてしまうんです。……ねえ、凪くん。あなたにも後悔はありますか？　死者への初恋が一生消せない傷なら。生きている人間への恋だって、きっと死んでも消えない後悔になるでしょう？」

「俺が君を忘れられず、此の世に囚われているように？」

遠田凪は死者に寄り添い、彼らの後悔を紐解くことを生業《なりわい》とする。

それができるのは、彼自身が後悔を抱える死者だから。

たった十九歳、大人になることもできず亡くなった親戚のお兄さん。ひとつになりたくてもなれなかった男《ひと》は、湊の恋も愛もすべて攫って、還らぬ人となった。

薄闇のなか、まるで月明かりのように水槽から光が洩れていた。

偶像のユウレイクラゲが、ゆらり、ゆらり揺蕩った。暗がりで触手を絡める彼らは、寄り添い、そっと交わり合う。

あのクラゲのように、いつまでも離れずにいたい。互いに伸ばした手が、二人の運命に絡みついて、永遠に解けないことを祈っている。

木枯町には、クラゲの姿をした美しい女神がいる。それは憐れな人間を助けてくれる、慈悲深く、都合の良い神ではない。

生と死をめぐる、大きな仕組みのようなものなのだ。その仕組みの一部となった凪は、この暗くて深い地獄のような場所に囚われている。

せめてその苦しみを分かち合い、一緒に傷つくことが、湊の捧《ささ》げる愛だった。

「いつか、きっと。あなたを連れ出してあげます。この暗くて深い海の底から」

今宵《こよい》もまた、海月館には死者が訪れる。死んでも忘れることのできなかった後悔を抱えて、海に還ることもできずさまよい続ける。

そんな死者に寄り添う凪に、湊はそっと寄り添って生きてゆく。

見知らぬ死者の傷を抱く彼を、いつか優しい世界に連れていくことを誓って。

――ここが暗い海の底でも、地獄でも構わない。

この人の花嫁になりたかった少女の心を抱いたまま、湊はこの恋に殉《じゅん》じよう。

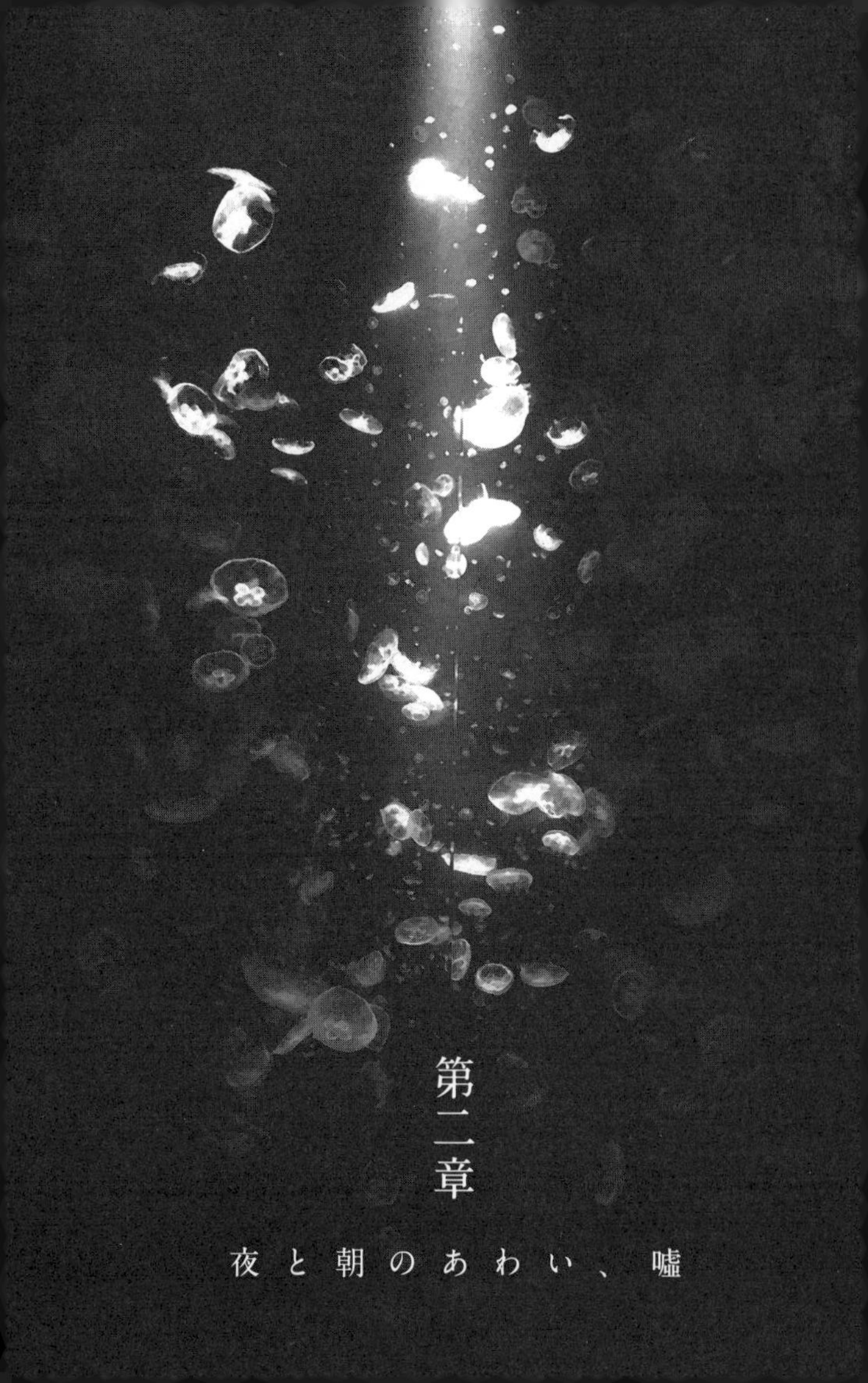

第二章

夜と朝のあわい、嘘

嘘《うそ》をつきました、決して許されぬ嘘を。

明けの空は、夜と朝が混じりあった色をしていた。美しい紫に染まった空の下で、人々が泣きわめいている。

高台から降りてきた私は、広がった光景に膝《ひざ》をつく。

おぞましい化け物に齧《かじ》られたように、海端《うみばた》から町にかけて、ぽっかりと削り取られていた。泥と潮の香りにまぎれて、そこかしこで死の匂いがする気がした。

海神《わだつみ》の怒り。

語り継がれるその災厄は、何十年かに一度、この町を呑《の》む。海におわす女神が、人々の命を連れ去ってしまう。

「朝香《あさか》」

息を切らした青年が、私を見つけた途端、顔をくしゃくしゃにした。いつも自信に満ちている彼の声は震えて、まなじりに涙が浮かんでいる。

「良かった。無事だったのですね」

仕立ての良い洋服は汚れて、綺麗《きれい》な黒髪も乱れていた。何処《どこ》かで落としてきたのか、革靴も片方しかない。

「夜一《よいち》さん」

この人は、生きているのかも分からぬ女を、必死の想いで探してくれたのだ。

だから、私は欲張りになってしまった。強く抱きしめられたとき、耳元で悪魔の囁《ささや》きがした。あなたの背中に泥だらけの手をまわして、間違った道を選んでしまった。

――もし、あの日に戻ることができるならば。

私は今度こそ、正しい道を選ぶことができるでしょうか。

あなたの隣で得られた幸せを、恵まれた人生のすべてを海に捨て、何もかもなかったことにしたい。

あなたの幸福を祈ることができなかった私は、世界でいちばん醜《みにく》い女でした。

1.

木枯《こがらし》総合病院の中庭は、青々とした若葉の色に染まりゆく。爽《さわ》やかな風を感じながら、湊《みなと》はゆっくりと祖母の車椅子《いす》を押した。

よく晴れた五月のこと。入院中の祖母を訪ねると、ひとつ頼み事があると言う。

「弔問？」

祖母の掌《てのひら》には、住所と電話番号が書かれたメモがある。彼女の字は手本のように整っているのだが、動揺していたのか、ひどく乱れていた。

「この前、お友だちが亡くなったのよ。心不全だったみたいで、急にね。お葬式のご連絡をいただいたのだけれど、お医者様に止められてしまったから」

母方の祖母――遠田潮《とおだうしお》は、数年前から入院している。

病状は緩やかに悪化しており、時に生死の境をさまようこともあった。覚悟を決めるよう医師から言われたのは、一度や二度の話ではない。

友人の葬式とはいえ、外出許可は下りないだろう。この頃は一時帰宅すらなく、海月館《くらげかん》にある祖母の私室はずっと使われていない。

「おばあちゃんの代わりに、お伺いすれば良いの？」

「ええ。お葬式には参列できなかったけれど、お香典はお渡ししたいし、お線香もあげたくて。先方はいつでも構わないと仰《おつしや》っているの、お願いしても良いかしら？」

「うん。わたしで良いなら」

先延ばしにすることではない。先方と連絡がとれたら、今日にでも弔問に伺おう。

「ありがとう。あのね、亡くなったお友だち、湊ちゃんも会ったことあるのよ。憶《おぼ》えていないかしら？　木枯学園の近くにある御邸《おやしき》に住んでいた」

祖母の言う邸には心当たりがあった。木枯学園と同じ地区にある邸宅で、司書たちのうわさ話にあがったこともある。学園の創立者一族の住まいだ。

「柚野木《ゆのき》さん？」

「そうよ。柚野木朝香さん」

「思い出してきたかも。綺麗な人だったよね？」

小学校にあがった頃、祖母に連れられて、何度か邸を訪ねたことがあった。一目で裕福と分かる立派な御邸には、たおやかな女性がいた。

顔は朧《おぼろ》げだが、とても美しい人だったことは憶えている。

「湊ちゃんもそう思ってくれる？　本当に綺麗な人だったの。ずっと前に亡くなった旦那《だんな》さんも良い男で、私たちの世代だと知らない人がいないくらい」

潮は目を細めて、少女時代に思いを馳《は》せる。はにかむような笑みから、柚野木朝香という女性を心から慕っていたことが伝わってきた。

「遠田さん、もうすぐ検診の時間じゃないですか？　大路《おおじ》が病室まで伺うので、そろそろ戻ってくださいね」

振り向くと、外廊下で男性看護師が手招きしていた。よく知った顔だったので、湊は軽く手を振った。

「遼斗《りょうと》さん、こんにちは」

三上《みかみ》遼斗。

湊にとって小中学校の同級生であり、親しい友人でもあった。

清潔感のある黒髪に、大柄ではないがしっかり鍛えられた身体《からだ》。看護師の制服は皺《しわ》ひとつなく、背筋も真《ま》っ直《す》ぐ伸びている。

いかにも好青年といった風貌《ふうぼう》で、親しみやすく、性格にも裏表がない。お人好《よ》しで真っ当だからこそ、時折、心配になるような男だった。

「なんだ。お見舞いって、湊だったのか？」

「今日は仕事が休みだったから。おばあちゃん、検診の邪魔になるから帰るね。柚野木さんのところにお伺いしたら、また来るから」

「柚野木？　弔問でも行くのか？　ちょうど葬式が終わったばかりだったな」

「うん。もしかして、お手伝いしたの？」

遼斗の実家は、冠婚葬祭を取り仕切る会社だ。この町には同業他社がないため、結婚式や葬儀、何かしらの周年行事などが行われると、たいてい関与していた。

遼斗自身は看護師だが、たまに実家の手伝いもしている。

「俺も付き合いのある家だったから。親族と近しい友人だけ呼んだ、小さな御式だったよ。

何かあったときはそうしてほしいって、何年も前からずっと言ってたみたいだな」

「朝香さん、そういう人だったのよ。控えめなの。あんなに綺麗で優しくて、みんな彼女のこと大好きだったのに。いつも自信なさそうに、申し訳なさそうにして。謙遜《けんそん》とかではなく、心の底からそう思っているみたいに」

「確かに。お孫さんの同級生でしかない俺にも、すごく丁寧でした」

二人の話しぶりから、湊も不思議に思った。

柚野木朝香という女性は、とても幸せな女性だったのだろう。裕福な家で過ごし、周囲の人々からも慕われた。

自信なさそうに、申し訳なさそうに過ごす理由が分からない。

少なくとも、彼女のような生涯を送った人間は、海月館を訪れることはない。死んでも忘れることのできない後悔など、満たされた人間は持たない。

この町で生まれた人々の多くが、そうであるように。

朝香もすべて忘れて、空っぽになって、母なる女神のもとに還《かえ》ったはずだ。

柚野木朝香の邸は、それは大きく立派なものだった。

平屋建ての邸は、周囲の塀を見るに、相当な敷地面積だろう。高台の一等地に、これだけの邸を建てられるのだから、湊の想像する以上に裕福な家なのだ。

気おくれしながら、湊はインターホンを押した。

事前に電話しているが、いざ邸を前にすると緊張してしまう。祖母の代わりを果たせるか、失礼を働いてしまわないか不安だった。

「お忙しいところ申し訳ございません、遠田湊と申します。遠田潮に代わって、お悔やみに参りました」

インターホン越しに名乗れば、若い女性の声がして、すぐさま門が開いた。

上品なワンピース姿の女性が迎えてくれる。年頃は湊と同年代だろう。もしかしたら、朝香の孫かもしれない。

「死神《しにがみ》、ちゃん？」

女性は目を丸くして、思わずといった様子でつぶやいた。

死神。そんな風に湊を呼んだのは、小中学校いずれかの同級生くらいだ。

「あっ、ごめんなさい。……遠田さん、憶えている？　小学校のとき同級生だったんだけれど。町に戻っていたのね、てっきり外にいるものだと思っていたから」

早口で捲《まく》し立てられて、湊は言葉に詰まった。まったく思い出せなかった。彼女に限った話ではなく、同級生の大半が記憶に残っていない。

「やっぱり憶えていない？　遠田さん、学校のこと興味なかったもんね。……おばあ様の弔問でしょう？　あがって」

困ったように笑って、女性は仏間に案内してくれた。

仏間は日本庭園と面しており、赤い反橋《そりはし》のかかった池で錦鯉《にしきごい》が泳いでいた。青々とした苔《こけ》、枝葉の整えられた木々、まるで一枚の絵画のように美しい庭だ。

庭園に目を奪われていたとき、ふと、異質なものを見つけてしまう。

庭の片隅《かたすみ》に不格好な石があった。雨風で削られたのか、ずいぶん歪《いびつ》な形をしており、傍《そば》には切り花が飾られている。

大きさか、あるいは添えられた花のせいか。

湊には、それが墓石に見えた。

「遠田さん、どうかした？」

「すみません。御庭が綺麗だったから、つい見惚《みと》れて」

「ありがと。でも、おじい様が生きていた頃は、もっと綺麗だったの。おばあ様も亡くなってしまったし、いい加減、庭の手入れも業者に頼まないとね」

「御夫婦で手入れされていたんですか？」

「できる限りは、ね。あまり人に触らせたくなかったみたい。特に、さっき遠田さんが見ていた石のあたりとか。昔飼っていた動物のお墓らしいけど、あの近くで遊ぶと叱《しか》られたくらい」

どんな動物を飼っていたのか知らないが、敷地内に墓を建てるくらいだから、よほど大事にしていたのだろう。

愛するものが眠る場所を荒らされたくない。誰にも触れてほしくない。その気持ちは、湊にも覚えがあった。

「お線香、あげさせてください」

線香に火をつけて、仏壇の前で手を合わせる。

飾られた朝香の写真は、遺影として使うには珍しいものだった。

十代半ばの少女たちが二人写っている。

顔は瓜《うり》二つとまではいかないが、同じような矢絣《やがすり》の着物で、同じように髪を結わえている姿は、まるで双子のようだ。

姉妹写真だろうか。どちらが朝香なのか分からないが、血の繋《つな》がりを感じさせる。

「祖母が伺うことができず、申し訳ありません。手紙を預かってきているんです。しばらく、こちらに置いていただくことはできますか？」

「もちろん。朝香おばあ様も喜ぶわ」

　仏壇の周りには、故人への贈り物が並んでいた。湊が訪れるより先に、多くの人々が弔問し、柚野木朝香の死を悼《いた》んだのだ。

「素敵な方だったたんですね」

「ええ。みんな同じことを言うの。おばあ様のこと、みんな大好きだった。お葬式は本当に小さなものだったのだけど、家まで弔問に来てくれて」

　唇を引き結んで、堪《こら》え切れない、とばかりに彼女は目元を押さえた。大粒の涙を流す目は、よく見るとまだ充血していた。

　無理もない。葬儀を終えたとはいえ、まだ亡くなって間もないのだ。

「持病なんてなかったの。お正月に帰省したときも、元気にしていたのに。こんな突然亡くなるなんて、誰も思わないじゃない」

　誰かの死は、まるで嵐のように襲いかかり、遺《のこ》された人々に癒《い》えない傷をつける。あまり長居しても、遺族の気持ちをかき乱す。湊は供花と香典を渡して、早々に柚野木邸をあとにした。

　海月館への帰路についたとき、ぽつり、ぽつりと雨が降り出す。まるで朝香を悼む人の心を映しているかのような、しめやかな雨だった。

ほんの少しの弔問で、柚野木朝香という女性が、どれほど周囲から慕われていたのか思い知る。弔問客からの贈り物は、これからも増え続けるだろう。

海月館の玄関を開くと同時、ドアベルが鳴った。

湊は足を止めた。この館のドアベルは、普通に開いたときは鳴らない。ベルが鳴るのは、死者が海月館に足を踏み入れたときだけだ。

薄暗い書庫を照らすよう、中央にある水槽でクラゲたちが輝いた。

その場にいたのは、ふたりの人間だった。

矢絣柄の着物を纏《まと》った少女と、彼女よりいくらか年嵩《としかさ》の青年だ。

湊は少女の顔を知っていた。柚野木家の仏間、朝香の遺影に写っていた少女の一人が、同じ格好で佇《たたず》んでいる。

ふたりは水槽を挟んで、向かい合っていた。

しかし、互いの存在を認識してはいない。真っ直ぐに顔をあげ、水槽越しに見つめ合っていながらも、その瞳に互いの姿は映らない。

海月館を訪れる死者は、自分以外の死者を認識できない。

彼らの心を占めるのは、死んでも忘れることのできなかった後悔だけなのだ。

不意に、水槽を眺めていた男女が、同じ瞬間、同じように唇を開いた。私が、僕が、と重なった声は、一字一句まったく同じ言葉を紡《つむ》ぐ。

「朝香を殺したの」

ふたりが水槽に額《ひたい》を寄せたとき、湊の意識は、海底に引きずり込まれる。冷たい海のなかに溶けて、すべて死者の記憶に沈んでいく。

遠くで、幾千、幾万ものクラゲが揺れていた。

●○○●○○●

合同葬は、町にひとつしかない学校の校庭で行われた。

高台のため難を逃れた学校には、早朝から多くの人々が詰めかけている。

海神の怒りによる犠牲者は多く、ひとりひとりを弔《とむら》う余裕のない家も多かった。集団での葬送を執り行うよう提案し、場所を提供したのは夜一だった。

降りしきる雨にまぎれて、泣き声がした。けれども、それが誰の声か分からない。

だって、あまりにも多くの人々が、喪《うしな》われた命を求めて泣いていた。

校庭の中心にあった棺《ひつぎ》がひとつ、何処かに運ばれていく。この場にいる誰もが、棺の中身が空であることを知っていた。

海神の怒りで海に攫《さら》われた人々は、遺体すらも戻らない。遠い昔から、そういうものだと町の人間は分かっている。

掌に爪《つめ》が食い込むほど強く右手を握った。そうしなくては、数日前まで一緒にいた少女のことを忘れてしまうと思った。

どうして、ここに彼女がいないのか。

きっと、何処かで無事でいると信じていた。だが、何処を探しても見つからなかった。

港近くにあった家は半壊して、一緒に暮らしていた家族は誰もいない。

きっと、彼らは海に攫われてしまった。

「朝香」

気遣う声に、私は顔をしかめる。

「夜一さん。私、独りになってしまったみたい」

口にした途端、身体に力が入らなくなった。膝から崩れそうになると、隣にいた彼が支えてくれる。

その手を嬉《うれ》しく思うと同時に、胸が引き裂かれそうなほど罪悪感が募る。

「妹さん……、暁子《きようこ》さんは」

私は首を横に振った。必死に唇を嚙《か》んで、伝えるべき言葉を呑み込んだ。

夜一さんは黙って、私を抱きしめた。世界でいちばん醜くて、いちばん最低な女のことを、まるで宝物のように大事に。

●○○●○○●

水槽を囲うよう、男女が立っている。

湊は気づく。さきほどの記憶に現れ、夜一と呼ばれていたのは、この青年だ。ならば、いまほどの記憶は少女——朝香と呼ばれた彼女の記憶になる。

彼らはもう一度、許されぬ罪を告白するよう、同じ台詞《せりふ》を口にする。

「朝香を殺したの」

その意味を考えるよりも先に、二人は空気に融《と》けてしまった。

湊は書庫の奥に向かった。アンティーク調の長椅子では、いつもどおり凪《なぎ》が本を読んでいた。

「今の記憶、見ましたか？」

凪は日焼けした文庫本を閉じる。

「朝香を殺した、ねえ」

「朝香さんの死因、心不全ですよ。さっき、おばあちゃんの代わりに、お家《うち》まで弔問に行ってきたんです」

ふたりの死者は、自分が柚野木朝香を殺した、と主張する。しかし、柚野木朝香の死は突発的なもので、誰かの意図や殺意は絡んでいない。

何故《なぜ》、ふたりの死者は朝香を殺したと言ったのか。

そもそも、彼らの主張は矛盾《むじゅん》している。

片方が朝香を殺したならば、もう片方の主張は成り立たない。彼らは自分たちではなく、自分が朝香を殺したと言った。

加えて、湊が見たのは朝香の記憶だ。自分で自分を殺したなど筋が通らない。

「死者がふたり。嘘つきは、どちらかな？」

唇に人差し指をあて、凪は愉《たの》しそうに笑う。まるで、湊に答えを求めるように。

基本的に、凪は湊に仕事を任せることはない。彼が話を振るのは、湊に任せても問題ないと思った死者だけだった。

そのことを歯がゆく感じても、凪は譲らない。死者の後悔を紐《ひも》解いて、彼らを海に還す役目は、湊ではなく凪が背負うものだ、と。

「まだ、分からないことばかりですけど。確かなことは、彼らの後悔が、海神の怒りと関係していること。残された人たちが、海に攫われてしまった人を弔っていました。凪くんも見ましたよね？」

遥か昔から、木枯町は思い出したように海に呑まれる。どれだけ防災対策を講じても、覆《くつがえ》すことのできない運命のように、何十年かに一度、必ず多くの人々が犠牲になった。

この町では、それを《海神の怒り》と呼ぶ。

木枯町の人々が信じる女神は、生と死を司《つかさど》る。人々の命を生みだす母神であり、彼らの命を刈り取る死神でもあった。

この町の人々は、海から生まれ、海へと還る運命にある。

「勇魚《いさな》に聞いてみる？」

「ずいぶん昔のことみたいですから、たぶんデータベースだと拾えません。あれ、まだ作成途中ですよね？」

凪の友人が管理しているデータベースは、いまだに情報を取り込んでいる最中なのだ。古い情報になるほど、カバーできなくなる。

「まあね。勇魚にお願いしたの、そんな昔のことじゃないから」

「だから、明日、図書館で町史を確認してきます」

朝香が生まれてから死ぬまで、百年にも満たない時間だ。町史を遡《さかのぼ》れば、彼女の記憶がいつのことなのか突き止められる。

あとは、朝香の記憶にいた夜一という男。

共に海月館に現れた彼は、いったい何者なのか。

2.

図書館には、町役場が編纂《へんさん》してきた町史がある。

ちょうど柚野木朝香が少女だった頃、海が大きく荒れたという記録があった。町の人間が語る《海神の怒り》だ。

このときのことが、ふたりの死者の後悔と繋がっている。

海月館を訪れる死者は、死んだときの姿かたちで現れるとは限らない。彼らは、自《みずか》らの後悔と最も関係の深い姿をとるのだ。

ふたりの死者は少女と青年だった。仮に、朝香を殺した、という言葉が真実ならば、殺したのは、海神の怒りがあった頃になる。

「つい最近まで、朝香さんは生きていたのに？」

スケジュール帳を開いて、湊は情報を整理する。

①朝香は心不全で亡くなった。
（↓②と③「朝香を殺した」という証言が成立しない）
②二人の死者は朝香を殺した。
（↓①と矛盾。また、仮に片方が朝香を殺したとしても、もう片方の主張が嘘になる）
③朝香は、朝香を殺した。
（↓つい先日まで生きていた朝香には、過去の自分を殺すことはできない）

把握している情報が、すべて矛盾している。
①と②と③は、同時に成り立つことができない。また、②と③はそれぞれ単独でも破綻《はたん》していた。
「凪くんの言うとおり、嘘つきがいる」

問題は、誰が、どのような嘘をついたのか。それが分からない限り、ふたりの死者の後悔を紐解くことはできない。

「珍しいね。遠田さんが小説と図鑑以外を読んでいるなんて」

湊は驚いて、思わずスケジュール帳を閉じた。

上司の加島《かしま》が、机に広げた町史を覗《のぞ》き込んでいる。

休憩室は、司書や図書委員の生徒に開放されている。昼休みなので誰が現れても不思議ではないが、まったく気配がしなかった。

「少し調べたいことがあったんです」

「柚野木朝香さんのこと？」

「どうして」

「独り言かな？　さっき朝香さんの名前が聞こえたから。柚野木の家と付き合いでもあった？　この前、朝香さんが亡くなっただろう。心不全だったかな」

「祖母と朝香さんが友人だったんです。加島さんこそ、よくご存じで」

「不幸と御祝い事の話って、広まりやすいからね。柚野木といえば、学園の創立者でもあるし。それに、朝香さんには個人的な恩もあったから」

「恩、ですか」

「遠田さんは見たことない？　柚野木の御邸、すごく立派だったろう。若い頃から、何度か援助してもらったことがあるんだ。息子が小さかったときも、ずいぶん助けてもらったしね」

柚野木邸は門構えからして立派で、仏間に面した庭も優美なものだった。下世話な想像だが、金銭的に困らない家であることは疑いようもない。

加島が援助を受けていた理由は知らないが、それくらいで揺らぐ家柄ではない。

「息子さん、いらっしゃったんですね？」

朝香のことも気になるが、まず加島に息子がいたことに驚いてしまった。

指輪をしているので既婚者であることは知っていたが、子どもがいるようには見えないのだ。他の司書が子どもの授業参観や運動会に合わせて休みをとるなか、加島がそういった事情で休みをとったことはない。

「今年から中等部にいるよ。もし見かけたら、仲良くしてくれると嬉しいな。たまに図書館にも来ているみたいだから」

「わたしでよければ、ぜひ。……あの、それで、朝香さんのことなんですけど。加島さん、お付き合いあったんですよね。どんな方でした？」

「お人好しかなあ。見返りを求めない人だった。旦那さんがいなければ、何回も痛い目に遭っていたんじゃないかな。たまにいるでしょう？　優しすぎて、周りから食い物にされるタイプ」

湊は返事に困った。朝香を褒めているようで、その実、貶《おとし》めている。少なくとも、恩人に対する評価ではなかった。

「恨みを買うような人ではないんですね」

「あははっ、朝香さんが恨まれるなら、僕なんて何回も殺されているよ」

冗談とも本気ともつかない台詞を残して、加島は給湯スペースに向かった。

人知れず、湊は溜息《ためいき》をつく。

加島は悪い男ではない。採用面接のときからの付き合いで、仕事を教えてくれた上司でもあり、何度も世話になっている。

しかし、初めて会ったときから苦手意識があった。

何処で仕入れているのか、彼はうわさ話に敏感で、いつもプライバシーに関わる情報まで摑《つか》んでいる。また、それを簡単に誰かに話してしまう口の軽さがあった。

時計を見れば、もうすぐ昼休みが終わる。湊は町史を閉じて、カウンターで貸出業務をしている同僚と交代した。

タイミング良く、数冊の文庫本が差し出される。貸出手続きに入ろうとしたとき、ちょうど相手と目が合った。

「職場、ここだったのね。遼斗くんに聞いて正解だった」

先日、柚野木邸で迎えてくれた女性だ。

朝香の孫にあたる女性で、湊とは小学校の同級生らしいが、正直なところ名前も憶えていなかった。気づかれぬよう、利用者カードの名を確認する。

戸崎《とざき》暁子。苗字は柚野木ではなかったが、下の名前に覚えがあった。

「とざき、きょうこさん？」

「残念。あきこ、よ」

暁子《あきこ》はわざとらしく肩を竦《すく》めた。

「……すみません」

「たまに間違えられるの。でも、きょうこって読み方だと、名前を貰《もら》った人と同じになっちゃうから。朝香おばあ様の妹から貰ったのよ、漢字だけ」

湊は思い当たる。そもそも、湊が《きょうこ》と読んでしまったのは、海月館を訪れた朝香の記憶に、その名が音として現れたからだ。

「朝香さんの妹さん、もしかして亡くなっていますか」

「よく知っているのね。そう、ずいぶん昔、おばあ様が十代だったとき海に攫われたの。海神の怒りって言うのかな？　おばあ様は妹のことが大好きだったみたい。孫に同じ字を使って名前をつけるくらいだから」

「……あの、もしかして、夜一さんという方もご存じですか？」

朝香の記憶に出てきた名は三つある。朝香《あさか》、暁子《きょうこ》、そして夜一《よいち》。彼は海月館を訪れた死者の片割れでもあった。

「祖父よ。朝香おばあ様の旦那さんね」

「なんだか、仲良しの御名前ですね」

朝香と夜一。対になるような名前をした夫婦だ。

「名前だけじゃなくて、本当に仲の良い夫婦だったの。おじい様は穏やかな人で、怒ったところなんて見たことなかった。真面目《まじめ》で優しくて、おばあ様のことが大好きで。十年以上前に病気で亡くなったけれど、今でもよく憶えている」

両手を合わせて、暁子は楽しそうに語った。彼女の様子から、夫婦仲、ひいては家族仲も良かったことが窺《うかが》える。

柚野木朝香は、傍《はた》から見れば、このうえなく幸福で恵まれた人生を送ったのだ。

だからこそ、彼女の後悔が分からない。幸福な人生の裏側には、いったい何が隠されていたのか。

「おばあ様のこと興味あるの？　死神ちゃん」

名前を読み間違えたことへの意趣返しだろう。彼女は当てつけのように、湊を《死神》と呼んだ。

懐かしい渾名《あだな》だ。当時の同級生たちは、湊のことを陰《かげ》で死神と呼んでいた。

母の自殺をきっかけに、湊は木枯町に引き取られた。心無い人たちは、母が自殺した理由を湊に見出《みいだ》した。

母を殺して、母の故郷に引き取られた娘。

まるで死神のように、産みの親に死を齎《もたら》した子ども。閉鎖的な町で、悪意あるうわさは親から子に伝播《でんぱ》する。

実際、母だけではない。血縁上の父にあたる男も、大好きだった少年も、親しい友も、湊が愛した人たちは次々に死んでいった。

「祖母が、朝香さんにお世話になったそうです。思い出話ができたら、祖母も喜ぶかと思いました。すみません、不躾《ぶしつけ》に聞いて」

「知っている、仲良くしてくださったみたいね。よろしく伝えてくれる？」

貸出手続きを終えた文庫を渡すと、暁子は代わりに紙袋を押しつけてきた。

「何ですか？」

「香典返し。学園に用事あったから、ついでに持ってきたの」

暁子はそう言って、図書館から出ていこうとする。

湊は慌てて、カウンターのメモ用紙に電話番号を書き殴った。

「連絡先、交換してくれませんか」

「……良いけど。そんなの聞かれると思わなかった。遠田さん、昔と変わった？」

彼女はペンをとって、同じように自分の電話番号を書いてくれた。


仕事帰り、湊は祖母の病室を訪ねた。

暁子から預かった香典返しを渡し、その流れで朝香と夜一が海月館に現れたことを話す。

意外だったのか、祖母の潮は首を捻《ひね》った。

「朝香さんに、夜一さんも？　朝香さんはともかく、夜一さんは意外ね。後悔とは無縁の人だと思っていたのに」

「夜一さんって、どんな人だったの？」

「そうねえ、良い男だったんだけど、悪い意味でも有名だったの。ドラ息子って言うのかしら。大きいお家の跡取りで、一人息子でもあったから、叱る人がいなかったんだと思うわ。いろんな人に慕われていたけれど、とっても素行が悪くて」

思わず、手に持っていた鞄《かばん》を落とした。

「お孫さん、穏やかで真面目な人だって言っていたよ」

「ああ、それも間違いではないのよ。夜一さん、海神の怒りが起きる前と後で、ずいぶん性格が丸くなったから。人が変わったように真面目になったの」

海神の怒り。町が海に呑まれる災厄。

「そっか。性格まで変わっちゃうような出来事だったんだね」

「たくさんの人が亡くなったの。夜一さんも朝香さんも、本当に近しい親類はほとんど残らなかったそうよ。夜一さん、人が変わったというより、変わるしかなかったのね」

湊たちの世代は、海神の怒り——町が海に呑まれる災厄を知らない。数十年に一度起こるそれは、湊が生まれた頃を最後に、しばらく沈黙を守っていた。

「朝香さんも、そうだったのかな？　変わるしかなかった人」

「ええ。思えば、朝香さんもそうだったのかもしれない。海神の怒りが起きる前は、もっと凛々《りり》しくて、自信のある人だったから」

「朝香さんのこと、みんな優しくて、素敵な人だって言っていたの」

「だって、素敵な人だったもの。けれども、とても自信のない人だった。悪いことでもしているみたいに、縮こまって、申し訳なさそうにして。……生きている間の彼女は、海月館を訪れる死者と似ていた。ずっと何かを後悔しながら生きていたみたい」

「おばあちゃんは、その後悔が何だと思う？」

「思い当たるのは、妹さんのことかしら。朝香さんとは仲良くさせてもらったけれども、彼女と一番顔を合わせたの、お墓なのよ」

「お墓参り？」

湊が子どもの頃、潮は毎月のように寺を訪ねていた。湊が付き添おうとすると、いつもやんわりと断られたものだ。

「慰霊祭でもないのに、二人して毎月墓参りしているんだもの。そういうところが同じだったから、仲良くできたのかもしれないわ。朝香さんの、ごめんなさい、って声をね、今も憶えているの。お墓の前で、いつも妹さんに謝っていた」

暁子《きょうこ》。朝香の妹であり、孫に同じ字をつけるほど執着していた少女だ。おそらく、遺影の写真にいた二人の少女の片割れでもある。

海に攫われて亡くなった妹が、朝香の後悔の根幹なのだろうか。

病室に沈黙が落ちる。

「……お花、活《い》けてくるね」

湊は立ちあがって、ベッドサイドの花束を抱える。湊の前に来ていた見舞い客が置いていったのだろう。

「ありがとう。さっきね、珍しいわねえってお喋《しゃべ》りしていたのよ、それ」

潮は花束のなかにある一輪のガーベラを指差した。否《いな》、一輪というより、それはふたつの花が合体したような奇妙な姿をしていた。

ひとつの茎《くき》から、ふたつの花が咲いている。ふたつの花は互いにぴったりくっついて、混じりあっていた。

「珍しいね、帯化《たいか》なんて」

帯化、あるいは綴化《てっか》と呼ばれる奇形だ。

商品価値が落ちるので、花屋などではまず見かけないものだ。湊が知っていたのも、いまは亡き親友が教えてくれたからだった。

「そう言うの？　これ。なんだか双子みたいね、って話していたの。縁起が悪いから持ち帰るって言っていたんだけど、可哀《かわい》そうだから飾ろうと思って」

「縁起が悪いとは思わないけど。愛嬌《あいきょう》があって可愛《かわい》いのに」

「双子、というところがね。畜生腹と言うでしょう？　多胎児は獣の胎《はら》から生まれてきた証《あかし》だから。人ではない命ならば、それは海神から生まれたものではない」

湊はぎょっとした。潮に自覚はないのだろうが、あまりにも差別的な言葉だ。

「おばあちゃん！　それは違うよ。良くないことだから」

生まれた命は、生まれた命である。そこに差異はない。多胎児だからと言って、不名誉を被《こうむ》る理由にはならない。

誰一人、生まれは選べない。親は子を選べず、子も親を選べないのだ。

湊の剣幕に、潮は縮こまった。

「ごめんなさい。若い子たちの言うとおりなのに。縁起が悪いなんて言うのが、おかしいのよね。……でもね、どうしても頭から離れないのよ。どの家も双子が生まれると隠したの。年子と偽《いつわ》って育てたり、もっとひどいことをしたり」

「ひどい、こと」

「湊ちゃんには想像もつかないような、ひどいこと、よ。今は、もうそんなことないのに、あってはいけないのに。どうしてかしら、子どもの頃に教えられてきたことが忘れられないのよ」

湊は黙って、ガーベラを見下ろした。

祖母の言うとおり双子のような花だ。切っても切り離せない歪な形に、どうしてか胸が苦しくなった。


外灯の明かりが、海月館の庭を照らしていた。

この庭は、祖母が子どもの頃、異国人の造園家が設計したものらしい。ほんの一時だけ町に立ち寄った彼は、気まぐれのように庭を設計して、この地を去ったという。妖精のように綺麗な男だった、と祖母は言うが、いまいち想像がつかない。

ただ、庭を眺めていると、とても腕の良い造園家だったのだとは思う。

紫陽花《あじさい》しか咲くことのない庭は、一枚の絵画のように完成されていた。

愛らしい東屋《あずまや》や、愛嬌のある不揃《ふぞろ》いな飛び石、アクセントとして散りばめられたアンティーク調の外灯。造り物めいた庭に現実感はなく、紫陽花の季節になると、お伽噺《とぎばなし》のなかに迷い込んだような気持ちになる。

死者を迎える館、此《こ》の世と彼《あ》の世の境にふさわしい庭だった。

「紫陽花、今年も綺麗に咲きますか？」

庭先では、凪が紫陽花の世話をしていた。背の高くなった株も多いので、紫陽花のなかにいると凪の方が小さく見えた。

「咲く、ねえ。湊が花びらだと思っている部分は、正確には花ではなく萼《がく》なんだけどね。綺麗になるかどうかは、慰霊祭の頃のお楽しみかな」

「あと一カ月くらいですね」

六月になると、木枯町では《慰霊祭》と呼ばれる祭事がある。町の至るところで青い紫陽花が咲く頃、住人たちは海神に祈るのだ。

海に攫われた人々、ひいては町で亡くなったすべての御霊《みたま》が海神の御許《みもと》に還ることを。

「今年の墓参り、俺も一緒に行こうか？」

慰霊祭の日、木枯町の寺という寺は人で溢《あふ》れかえる。この町では、盆の時期より、慰霊祭に合わせて墓参りをする者が多かった。

「湊？」

「……びっくりして。一緒に行ってくれたこと、今までなかったでしょう？」

遠田家の墓には、凪の遺骨も納められている。いまは町を出ている凪の両親や兄は、自分たちのところに引き取りたかったそうだが、生前の凪が拒んだのだ。

――一緒に死んでくれる？

そう言った凪を、昨日のことのように思い出せる。

墓に納められた遺骨は、きっと湊への報復だった。共に死ぬことのできなかった湊を責めるために、傷つけるために、彼はこの町に骨を遺した。

忘れることなど、忘れて幸せになることなど許さない、と。

「墓まで行けば、自分が死んでいることを思い知る。たまに、幸せで怖くなるんだ。俺は亡霊みたいなものだから、幸せになる資格なんてないのにね」

堪《たま》らず、凪の背中に抱きついた。薄っぺらな肩甲骨《けんこうこつ》に耳を寄せると、あるはずもない鼓動が聞こえた気がした。

鳥居を超えた、海月館を中心とした一帯。

生と死が混じり合うこの場所だけが、死者に確かな形を持たせる。存在しない亡霊に実体を与えるのだ。

されど、それは凪が生き返ったわけではない。触れることができても、死者は何処までも死者でしかなく、喪われた命が戻ることはない。

それでも幸せを感じてしまうのだから、湊の心は手に負えない。

「幸せに思ってくれるんですか？　今を」

「ずっと欲しかった女の子が隣にいる。幸せだよ、とても」

「嘘つきですね、凪くんはいつも」

幸福を感じるよりも深く、凪は苦しんでいる。一度は逃げた湊のことを、凪を置き去りにした湊のことを、いまも赦《ゆる》すことができずにいる。

愛することと同じくらい、湊のことを憎んでいた。

「嘘をつくのは悪いこと？　本当のことは、いつだって優しくない。苦しいだけの真実なら、嘘で塗り固めて、隠してしまった方が良いこともあるよ」

嘘をつくのが苦しい真実を隠すためならば、海月館を訪れる二人の死者は、いったい何を隠しているのか。

遠くで、来客を告げるベルの音がした。

「また、嘘つきたちが来たよ」

書庫に戻れば、朝香と夜一が水槽を囲っていた。揺らめくクラゲが、月明かりのように二人の横顔を照らしている。

朝香を殺した。そう主張する彼らは、どちらが嘘つきなのか。

嘘をついてまで、どんな真実を隠したかったのか。

幾千、幾万ものクラゲが湊の視界を覆って、天地も分からない酩酊《めいてい》感に襲われる。湊の意識は、死者の記憶へと攫われていった。

●○○●○○●

柚野木の邸には、庭師が丹精込めて造りあげた庭がある。

枝葉の整った樹木から、苔むした地面に木漏れ日が降る。反橋のかけられた池で、宝石みたいな錦鯉が跳ねた。

手入れの行き届いた庭である。

ただ、庭の片隅にある不格好な石だけ、美しい景観から浮いていた。名もなき墓石のような、その石が何なのか、私は知らなかった。

「夜一さん、暑くないですか？」

縁側で扇子《せんす》をあおいでやると、夜一さんは猫のように目を細めた。烏《からす》の濡《ぬ》れ羽《ば》色をした黒髪が、陽光を纏ってきらきら輝いた。

「暑いに決まっています。あなたも損な人ですね、こんな日に呼ばれるなんて。お使いでしょう？」

「結納、もうすぐでしょう？　そうなると、家では私が一番時間ありますから」

時間があるなんて言い訳で、体《てい》のいい嘘だった。この人に会いたくて、渋る両親に逆らって、柚野木の邸に来てしまった。

「まだ学生でしたか？　あなたは」

「はい。柚野木のお家が創《つく》った学校にいます。夜一さんの後輩ですね」

「それは、それは。怖い先生ばかりでしょう？　俺なんて、数えられないくらい怒られたものですよ」

夜一さんは、声をあげて笑う。怒られた、なんて可愛いものではなかっただろうに、あっけらかんとしている。

夜の名前を持つのに、まるで太陽のように明るい人だ。

彼と関わった人間は、誰もが彼に夢中になった。私と同じように、たくさんの人が彼を好きになった。

夜一さんのことを、粗暴だと詰《なじ》る人もいる。

けれども、それだけではないと知っていた。少し乱暴なところはあったけれど、女や子どもにも優しく、本当に人を傷つけることはしない。

物怖《ものお》じせず、いつも堂々としている姿に、何度も勇気を貰った。なにひとつ自信が持てず、人の顔色ばかり窺ってしまう私は、いつだって彼に憧れていた。

生き生きとした笑顔が好きだった。だから、その笑顔を見る度、肋骨《あばらぼね》の奥が痛んで、どうしようもなく惨《みじ》めになった。

唇を嚙んで、言葉を呑み込む。好きと言ったら、きっと彼を困らせてしまう。

夜一さんと会うほどに、好きで堪らなくて、死んでしまいそうだった。この人が私に笑いかけてくれたら、それだけで良かった。それだけが欲しかった。

手を伸ばしても手に入らない。私を見てくれることはない。

分かっているのに、この恋心を捨てることができない。もしかしたら、彼の隣に立てるかもしれない。そんな在《あ》りもしない未来を想像してしまう。

指を銜《くわ》えて見ているしかないのに、叶わない恋心ばかりが、肥え太ってゆく。それは、私の心を醜い化け物に変えてしまう。

憎い、妬《ねた》ましい、恨めしい、そんな気持ちでいっぱいになる。

叶うなら、あなたの愛する女《ひと》になりたかった。

●○○●○○●

「朝香を殺したの」

死者ふたりは、また同じ台詞を口にする。けれども、いまの湊には、その台詞の意味が分かった。

「そっか。だから、あなたは嘘をついたんですね」

嘘も真実も綯《な》い交ぜになっていた情報が、するりと解けて、繋がっていく。

「嘘つきが分かったの？」

「はい。だから、確かめないと。凪くんも同じでしょう？」

おそらく、凪も勘づいたはずだ。湊が覚えた違和感に。

水槽の前にいるのは可憐《かれん》な少女だ。艶《つや》やかな黒髪、幼さを残した可愛らしい顔は、やがて美しく成長するであろう証である。

けれども、少女は一度たりとも、自分のことを朝香と言わなかった。

3.

遠田凪は、十年以上前に死んだ。

肉体は荼毘《だび》に付され、遺骨は町で一番大きな寺に納められている。

いまの凪は亡霊のようなものだ。海月館——正確には鳥居を超えた一定の空間でしか実体を持つことができず、町に出たところで、誰の目にも映らない。

すれ違う人々も、列車や車も、潮の香りのする海風さえ、凪を通り抜けてゆく。

亡霊となった凪を見つけられるのは、湊や彼女の祖母のように遠田に生まれた女だけ。

遠い昔、海神の神託を受けた巫女《みこ》の系譜《けいふ》。その血を色濃く継いだ湊たちは、生きながらにして死者の世界を垣間《かいま》見る。

「だから、こういうことをしても許されるんだけれど」

凪は堂々と、柚野木邸の門を潜《くぐ》る。

余所《よそ》の家だろうが、秘匿《ひとく》されるべき場所だろうが、いまの凪には関係ない。

誰もいない仏間にあがり込むと、亡くなった朝香へのお供え物や手紙が、彼女の遺影を囲んでいた。

しかし、凪が確認したかった遺影は、朝香のものではなかった。

鴨居《かもい》に飾られた、過去に亡くなった柚野木家の者たちの遺影だ。長く続いている旧家らしく、歴代の親族がずらりと並んでいる。

いちばん新しい遺影は、まだ幼さの残る青年だった。享年《きようねん》ではなく、若かりし頃の写真を使っているのだ。

海月館を訪れた死者の片割れであり、朝香の夫――夜一と呼ばれた男だ。彼は朝香より先に死んでいる。

「朝香を殺した、ねえ」

妻を殺した、と妻よりも先に死んだ男が主張する。明らかに矛盾しているが、夜一のなかでは筋が通っている。

――人の死とは、何も肉体の死だけではない。

惨《むご》たらしい仕打ちをもって、誰かの心を殺すことはある。愛する人の裏切りや、抗《あらが》うことのできない不条理は、たやすく人の心を死に至らしめる。

夜一は、朝香にそれだけの惨い仕打ちをしたのだ。

縁側から、趣《おもむき》のある日本庭園に降りる。海月館で見た記憶と様変わりしていたが、ひとつだけ変わらないものがあった。

庭の隅にある、不格好な石。

雨風で表面が削り取られた石は、明らかに庭の景観を損なっている。しかし、あの石が撤去されることはなかったのだ。

あれは墓標だ。名を語られることもなく、葬《ほうむ》られてしまった命に捧《ささ》げられたもの。

誰の墓なのか、夜一だけは知っていたのだ。

●○○●○○●

海月館の自室で、湊はスマートフォンの画面をタップした。友人である三上遼斗にメッセージを入れると、すぐに音声通話が返ってきた。

どうやら、湊と同じで、仕事は休みだったらしい。

「死んだ人の名前？」

遼斗の声は、あからさまに不思議そうだった。

「海神の怒りで亡くなった人たちのこと、知りたくて」

「慰霊碑だと足りないか？　寺にあるだろ」

彼の言うところの寺は、町で一番大きな寺院である。紫陽花の咲き乱れる寺の墓地には石碑があり、海神の怒りによって亡くなった人々の名が刻まれていた。

「慰霊碑は名前しか分からないから。遼斗さんの家なら、もっと詳しい記録を持っているよね？」

遼斗の実家は、昔から町で行われる冠婚葬祭を取り仕切ってきた。この町で死者のことを聞くならば、おそらく寺や病院の次に詳しい。

「あんまり詳しいことは余所に出せない。不謹慎だし、プライバシーにも関わるから」

「うん、それは当然だと思う。でも、遼斗さんの家なら、当時、公《おおやけ》にされていた記録を持っていると思って」

町役場の会報、あるいは新聞のお悔やみ欄等。数十年に一度の出来事なのだから、何かしらの記録があるはずだ。

「海神の怒りが起きると、町役場が亡くなった方の名簿を公にしている。そういうの、うちは絶対に廃棄しないから。……もしかして、柚野木朝香さんと関係ある？　これ」

「どうして、分かったの?」

「この前、柚野木に会ったからな。朝香さんの孫娘の。連絡先を交換したんだって? 俺が湊と友だちだって言ったら、信じられないってうるさかった」

「そっか。遼斗さんの友だちだったんだね」

「湊の同級生なら、俺の同級生でもあるから。……やっと俺以外にも友だち作る気になったなら、お祝いしたいくらいなんだけど。そんなつもりで連絡先を交換したわけじゃないだろ?」

「……朝香さんのことが知りたくて、使えるかもしれないと思って聞いたの」

「なら、海神の怒りで死んだ人たちも、やっぱり朝香さんに関係あるのか」

「柚野木家と、朝香さんの生家。当時ふたつの家で亡くなった人のことを知りたいの」

「何十年も前の話を調べて、今さら何をするつもりなんだか。いちおう聞くけど、単なる好奇心とかではないんだよな?」

「違うよ。でも、そう思われても仕方がないよね」

「ずるい言い方だな、それ。良いよ、湊が困っているなら助ける。菜々《なな》もそれを望んでいると思うから」

三上遼斗は、湊にとって小中学校の同級生にあたる。しかし、友人となったのは二十代の半ばに差しかかった頃だ。

三上菜々。数年前に亡くなった湊の親友が、遼斗の従姉《いとこ》だった。彼女の死をめぐる縁が、ふたりの友人関係の始まりだ。

「ごめんなさい、いつも」

「ありがと、なら受け取っておく。次からそうして」

一時間も経《た》たないうちに、遼斗は数枚の写真を送ってくれた。町役場が出していたという、海神の怒りで亡くなった人々の名簿だ。

朝香の妹――暁子《きようこ》の名は、すぐ見つかった。苗字が分からなくとも、その名前を持つ死者は一人だけだった。

そのまま名簿を検《あらた》めると、柚野木家も、朝香の生家も、多くの親族が没していることが分かった。

湊は名簿を確認した後、遼斗とは別の人間に電話する。

「本当に連絡してきたの？」

スマートフォンの向こうで、戸崎暁子《あきこ》――朝香の孫であり、朝香の妹から名を貰った女性が笑う。

「聞きたいことがあるんです。変なことですけど、良いですか？」

「朝香おばあ様のこと？　良いけど、大した話はできないかも」

「朝香さんと妹さん、歳《とし》は近かったですか？　祖母に会ったとき、そんな話題になったんですけど」

「年子だったかな、たしか。そっくりではなかったけれど、姉妹と分かるくらいには顔も似ていたし、背丈もほとんど一緒だったみたい。たまに双子と間違われて大変だった、って聞いたことあるもの。弔問に来てくれたとき、仏間で写真見ているでしょ？」

「遺影の写真ですね。あれは朝香さんの希望ですか？」

矢絣の着物を纏った、ふたりの少女の写真だ。何十年も昔に撮影されており、故人が単独で写っているものでもない。遺影としては、かなり珍しい部類だった。

「おばあ様の希望というより、遺影に使える写真、あれくらいしか残っていなかったの。夫婦そろって写真が大嫌いな人たちだったから」

朝香は、写真を残したくなかったのだ。自分の姿を残すことに不都合があった。

「もうひとつ。夜一さんと朝香さんは、恋愛結婚ですか」

「家同士の取り決めよ。仲が良かったから、あとで聞いてびっくりしたの」

ならば、湊の頭にある仮説は、おそらく真実なのだろう。

しかし、それを朝香の孫に伝えることはできなかった。

今さら真実を晒《さら》したところで、誰も幸せにならない。嘘は嘘のままにしておけば、少なくとも、いまを生きる人々は幸福なままでいられる。

嘘を暴くならば、それは死者のために暴くべきだ。墓の下まで持っていった秘密を後悔したのは、死んでいった者なのだから。

●○○●○○●

日が暮れる頃、湊は書庫へと下りた。

書庫の薄闇《うすやみ》のなかでは、白い煙が目立つ。長椅子に寝転がりながら、凪が気だるそうに煙草《たばこ》を吸っていた。

床には何十冊もの文庫本が積み上げられている。昔から本の虫だったが、死んでからの彼は、さらに本を読む時間が増えた気がする。

子どもの頃から、凪は物語を読んで、他人《ひと》の人生をなぞることが好きだった。

生前の彼は病弱で、日常生活にさえ、あらゆる制限が付き纏った。湊が当たり前のようにできることに、凪の身体は耐えられなかった。

だから、彼は自分にできないことを、誰かの人生をなぞることで想像する。

湊が知る誰よりも、他人の気持ちに聡《さと》い男だった。当たり前のように相手の望みを掬《すく》いあげて、相手の望むとおりに振る舞う。

そんな彼だからこそ、死者の後悔に共感し、寄り添うことができるのだ。

「寝煙草は危ないですよ。火事になります」

煙草を取り上げて、ローテーブルの灰皿に押しつけた。湊がプレゼントした灰皿は、すでに吸い殻《がら》でいっぱいだった。

「いまの、最後の一本」

「あとで買ってきてあげます。答え合わせをしてくれませんか？　ふたりの死者と、ふたりのついた嘘について」

凪は凪で、湊と別方面から調べを進めていたはずだ。

海月館でしか実体を持つことができない凪は、裏を返せば、町の何処に行っても咎《とが》められない。一般の人間が知り得ることのない事情すら、彼の前では隠し通せない。

ふたりの死者と嘘について、おそらく凪は答えを出している。

湊は膝をついて、長椅子にいる凪と視線を合わせた。

「柚野木朝香は、二人いたんです」

海月館を訪れていた女性は、朝香であり朝香ではない女性だった。凪は猫のように目を細めると、続きを促《うなが》した。

「海神の怒りで死んだのは妹の暁子さんではなく、朝香さんでした。生き残った暁子さんが、姉の名を騙《かた》って、姉に成り代わったんです。そんなのって、本当の朝香さんを殺したのと同じでしょう？」

暁子は嘘をついて、姉に成り代わった。それは姉を殺したも同然の仕打ちだ。

「誰も気づかなかったの？　入れ替わりの嘘に」

「朝香さんの生家、ほとんどの人たちが亡くなっているんです。海神の怒りで」

いくら年子の姉妹といえ、まったく同じ顔をしていたわけではない。本来であれば、成り代わりなど不可能だった。

しかし、縁者がほとんど亡くなっていたとしたら、難しいことではない。入れ替わりに気づく者は海へと消え、真実は暁子の胸のうちに秘された。

「なら。朝香を殺した、と夜一が言ったのはどうして？」

湊は目を伏せて、思いめぐらす。

海月館を訪れた死者のうち、記憶を見せてくれたのは朝香だけだった。湊には、彼女の視点でしか一連の出来事を認識できない。

故《ゆえ》に、湊は想像した。朝香の記憶しか見ることができなかったのは、夜一の記憶を見る必要がなかったからではないか。

海月館を訪れた死者ふたり。彼らの後悔は、まったく同一のものだった。

「夜一さんは、暁子さんが朝香さんのふりをしているのに気づいた。それなのに嘘を暴かなかった。それは、結果的に朝香さんを見殺しにしたのと同じです」

長椅子から身を起こして、凪は眉間《みけん》に皺を寄せる。

「半分正解だけど、半分間違い。夜一は、朝香の入れ替わりなんて気づかなかったよ。気づくことができるはずもない。彼は、本当の朝香と会ったことがないんだ。綺麗な女の子を、遠目から見ることしかできなかった」

「え?」

朝香と夜一は、家同士の取り決めで結婚したという。実際に結婚したのは海神の怒りが起きた後のようだが、顔合わせくらいは済んでいたはずだ。

「ようやく全部繋がった。湊が見ていたのは、朝香の記憶なの? 俺が見ていたのは夜一の記憶だけだったよ」

湊は目を見張った。予想だにしない言葉だった。

「凪くんは、どんな記憶を見たんですか」

湊には見えなかった真実――朝香を騙った暁子が知らない真実を、凪は知っている。

「柚野木邸の庭、とても立派だったね。でも、ひどく不釣り合いな石があった」

「お孫さん、飼っていた動物の墓だって……」

湊の言葉を否定するように、凪は笑みを深めた。

「湊は、人生の始まりは何処からだと思う？　此の世に生まれたとき？　それとも、戸籍を得て公に認められたとき？　後者だとしたら、認められなかった命は死んでいるようなものだ。存在しない命は、その家の人間として墓に入れることもできない」

脳裏を過《よぎ》ったのは、柚野木邸の庭にある墓石だった。景観を損なうような墓は、本当は何を弔うためのものだったのか。

あの墓は、飼っていた動物を供養するものではなく――。

「あれは間引いた子どもの墓だよ」

額に汗が滲《にじ》んだ。この先を聞くことが恐ろしかった。

「何のために、子どもを間引く必要があるんですか。だって、夜一さん、一人息子だったんですよ。兄弟がいた方が、お家のためには良かったはずです」

旧《ふる》くから続く家だ。夜一が生まれた頃ならば、なおのこと次代に血を繋いで、家格を守ることが重要視された。

「余所になんて言えないよ、醜聞《しゅうぶん》になる。跡取りが双子だったなんて」

双子のように連なったガーベラの花を思い出す。病室の祖母は、信じられないほど酷い言葉で、双子そのものを詰った。

畜生腹。子どもを複数産むのは、獣の証。

「凪くんまで、そんなひどいこと言うんですか」

「ひどくても、それが現実だった。この町には大真面目にそれを信じて、守ってきた土壌がある。海神から生まれ、海神の御許に還るのは人間の命だけだ。獣は含まれない」

「親も、子も、お互いのことを選べないんですよ？　どんな風に生まれたって、そんなの誰も悪くありません。何の罪もない！」

「それでも、子どもは双子であってはいけなかった。一人にしなくてはならなかった。ここまでが大前提の話」

凪はわざとらしく肩を竦めた。

「さて、間引かれたはずの子どもが、本当は生かされていたとしたら？　対外的には一人息子だったとしても、実際には同じ顔をした男が二人いた。朝香と許婚《いいなずけ》だった《表》の夜一と、隠された《裏》の夜一が」

祖母は言った。海の不幸を境に、夜一は人が変わったように穏やかになった。

しかし、人間の本質など、そう簡単に変わるものではない。正しく、彼らは別人だった方が、筋が通っている。

「二人とも、成り代わったんですね」

暁子が朝香に成り代わったように、《裏》の夜一は《表》の人生を奪ったのだ。

凪は語らないが、おそらく、《表》の夜一は海神の怒りで亡くなったのだ。

「妬ましくて、羨《うらや》ましくて仕方なかったんだろうね。自分たちが好きな人と結ばれて、幸福な人生を歩むことが許せなかった。血の繋がった兄弟、姉妹だから、なおのこと。……真実は分からないけれど、もしかしたら朝香と暁子も双子だったのかもしれない」

凪の示した可能性は、十分あり得ることだった。双子は醜聞になる。片方が隠されても、片方が年子として育てられても、当時としては自然なことだ。

ましてや、子どもを殺したくないのなら、親にとれる手段は限られてくる。

「暁子さんが好きになったのは《表》の夜一さんでしょう？　だから、お姉さんの人生を乗っ取った。嘘までついた。それなのに、本当に好きだった人は死んで、そこにいたのは別人だなんて」

「嘆きたいのは、《裏》の夜一だって変わらないよ。彼が愛して、《表》の人生を乗っ取ってまで欲しかったのは、海に攫われて死んだ本当の朝香だったんだから」

湊は口元を掌で覆った。非道な嘘をついてまで、愛する人を手に入れた。しかし、二人が手に入れたのは、よく似た偽物《にせもの》だった。

「朝香を殺した。夜一がそう言ったのは、自分が朝香の愛する男ではない、と知っていたからだ。知りながら嘘をついて、死ぬまで欺《あざむ》いた。そんなものは愛する女の心を殺したも同然だ。まあ、その相手も偽物だったんだけれど」

ドアベルが鳴る。薄暗い書庫に現れた二人の死者を見て、咽喉《のど》から悲鳴が零《こぼ》れた。隠された真実は、湊が想像していたより残酷だった。

「答え合わせは終わり。なら、本当のことを教えてあげないと。彼らは嘘をついたこと、死ぬまで嘘が暴かれなかったことを悔いているんだから」

ふらつきながら、湊は二人の死者のもとに向かった。

彼らは朝香を殺した。殺してしまったのは、二人が嘘をついたからだ。ならば、その嘘を暴かない限り、二人の後悔は終わらない。

「あなたたちは、二人とも偽物でした。あなたたちが愛した人は、みんな海に消えていったんです」

彼らは困ったように眉をさげて、まったく同じように水槽に手を伸ばした。

●○○●○○●

紫陽花が咲き乱れている。

寺のすべてを覆い尽くすように、あちこちに鮮やかな青がある。澄《す》んだその色は、晴れた日の海を思わせて、ひどく胸が痛む。

早朝にもかかわらず、墓地はたくさんの人で溢れていた。

「ごめんなさい」

墓前に花を供えたところで、何の意味もないことを知っている。

卑怯《ひきょう》な私は、姉の人生を乗っ取り、姉が手に入れるべき幸せを奪った。

ほんの少し違っていたら、姉と私の立場は逆だった。そう知った日から、すべての我慢ができなくなってしまった。

だって、ずっと欲しかった。先に夜一さんを好きになったのは、姉では――朝香ではなく、私だったのだ。

恋心は日に日に肥大していった。痛ましい出来事のときでさえ、私は醜悪な想いを捨てることができなかった。

そうして、私は裁かれなかった。夜一さんでさえ、私の嘘を暴いてはくれなかった。

――もし、あの日に戻ることができるならば。

私は今度こそ、正しい道を選ぶことができるでしょうか。

あなたの隣で得られた幸せを、恵まれた人生のすべてを海に捨て、何もかもなかったことにしたい。

「そんなこと、できるはずないのに」

あの日に戻ることができたとしても、きっと私は同じ道を選ぶ。正しくなんてない、間違いだらけの嘘をついて、あなたを手に入れる。

目を伏せれば、幸福な思い出ばかりよみがえった。あなたの隣で歩んだ人生を海に捨てることなんて、私にはできなかった。

あなたの幸福を祈ることができなかった私は、世界でいちばん醜い女でした。

けれども、醜くても、あなたを愛していたことだけは本当でした。その気持ちだけは、偽物ではなかったの。

●○○●○○●

朝香は――暁子《きょうこ》は、静かに涙していた。
「夜一さん。好きになって、ごめんなさい」

道ならぬ恋だった。姉を騙るのではなく、姉を弔うべきだった。どれだけ綺麗事を並べても、彼女の嘘は許されるものではない。

彼女は、姉を殺したのだ。姉の歩んできた人生を塗り替えて、姉の命を踏みにじった。

それは、双子の兄に成り代わった彼も変わらない。

日陰者として生かされていた青年は、優しげに微笑《ほほえ》む。ごめんね、と言う声が、聞こえた気がした。

ふらり、と水槽の前から動いた二人が、宙に向かって手を伸ばす。

互いの視線は交わらず、互いの存在を認識していないはずなのに、不思議と、ふたりの手が重なった。

あたりには見慣れた書庫ではなく、夜の海が広がっていた。幾千、幾万のクラゲたちが、月明かりのように海を照らす。

真っ暗な海を、ふたりの死者が渡っていく。手を重ねたままの二人は、愛している、と同じように囁いた。

それはいったい、誰に向けた愛だったのか。

嘘をついてまで手に入れたかった本物か、嘘をついたまま人生を共にした偽物か。

4.

夜のカフェは、平日のわりに混雑していた。

「あたし、なんでここにいるの？」

柚野木朝香の孫娘——暁子《あきこ》はルージュを引いた唇を尖《とが》らせた。

「せっかくだから誘おう、って湊が。もうすぐ東京に帰るんだろ？　柚野木は」

「もう柚野木じゃないから。明日には東京に帰る。旦那と子どもが心配だし、おばあ様の遺品整理も終わったから」

「結婚しているんですか？」

そういえば、図書館の利用者カードにある苗字は柚野木ではなかった。

「娘ちゃん、もうすぐ小学生？」

「この春から一年生よ」

「もうそんなに大きいんですか？　ずいぶん早くに結婚したんですね」

子どもの年齢を考えると、結婚したのは二十歳《はたち》前後だろう。

「早く結婚したかったの。子どもの頃から憧れだったから、おばあ様とおじい様みたいな夫婦。そんな良いものじゃなかったけれどね。喧嘩《けんか》もするし、苛々《いらいら》することもたくさんあるし。でも、まあ、それなりに幸せ」

「朝香さんと夜一さんって、どんなご夫婦でした？」

「何度も同じこと言わせないでよ。すごく仲良しだった」

暁子は優しく笑った。記憶のなかにいる祖父母を思い浮かべるように。

きっと、暁子の言葉に嘘はない。

だから、湊は口を閉ざす。遺された者たちは、真実を知ることなく生きていく。姉を騙った女の嘘も、名もなき墓石に込められた意味も、死者だけが知っていれば良い。

結局、カフェでの食事は長引いて、二軒目の居酒屋まで行くことになった。学生時代には接点のなかった同級生と、大人になってから飲むとは想像もしなかった。

「う、ん……？」

気がついたとき、湊は書庫の長椅子で寝ていた。

酔ったまま、海月館まで帰ってきたことは憶えている。身体にかけられていたブランケットから、凪の煙草の匂いがした。

「凪くん、いるんですか？」

返事はなかった。静かな書庫に、こぽり、こぽり、と水泡の音だけが響く。

海月館の水槽にいるクラゲは、日によって種類が変わる。今日のクラゲは水中をたゆたうことなく、底でひっくり返っていた。時折、思い出したように、ぴょこ、ぴょこ、と身体を跳ねさせる姿が可愛らしい。

サカサクラゲ。

名前のとおり逆さまになっている彼らは、一見するとクラゲというよりイソギンチャクか何かに見える。

「どっちも逆さまになったから、意味がなかった。そんな話でしたね」

たとえば、朝香と夜一の入れ替わりが、片方だけの話であったならば――。

彼女、あるいは彼は、嘘をつくことで好きな人を手に入れることができた。互いに偽物と知らず、夫婦になることはなかった。

二人とも入れ替わったから、二人とも愛する人の偽物と連れ添うことになった。

湊は書庫を出て、明け方の庭へと向かった。

「おはよう。酔っ払いさん」

東屋のベンチで、凪が手招きしていた。

「ごめんなさい」

「楽しかった？　懐かしい同級生との再会は」

「はい。でも、懐かしさは、あんまり感じませんでした」

子どもの頃、湊のすべては凪だった。学校の同級生も、引き取ってくれた祖母さえも、湊にとっては通り過ぎるばかりの人々だった。

湊を形づくり、湊のすべてを支配していたのは凪なのだ。

「ねえ、凪くん。嘘が、いつか本当になることもありますよね」

朝香と夜一。姉を騙った妹と、兄を騙った弟。他人の人生を乗っ取った彼らは、その嘘を死んでも忘れられない後悔とした。

互いの嘘が暴かれて海に還るとき、二人は愛している、と言った。あの言葉が誰に向けられたものか、今となっては誰にも分からない。

しかし、湊は思う。あの言葉は、かつて愛した人の偽物に向けられたものだ、と。

嘘つきな二人だったが、夫婦として過ごした時間までは嘘ではなく、愛情のある幸福なものだった。

「美談にしようとしているところ、悪いけれど。あんなの二人とも浮気者なだけだよ。愛する人が偽物であることにも気づかず、偽物で満足してしまったんだ。本物に向けていた愛情だって高が知れている」

「凪くん」

「そんなものが真実の愛だなんて、俺には思えない。そんなものは裏切りだよ。愛情はたったひとつ。たったひとつだからこそ、価値がある」

湊は想像する。たとえば、死んだ凪そっくりの偽物が現れたとして、湊はその人に恋をするだろうか。

きっと、よく似た誰かを愛することはできない。

だが、それは湊と凪に限った話で、嘘つきな二人の死者に押しつけるものではない。

「綺麗な空ですね」

海の果て、朝焼けと夜空が混じり合う。朝と夜の間《あわい》は、誰かのついた淡い嘘さえ、きっと隠してしまうのだろう。

願わくは、どうか。

その嘘が優しいものであることを祈っている。

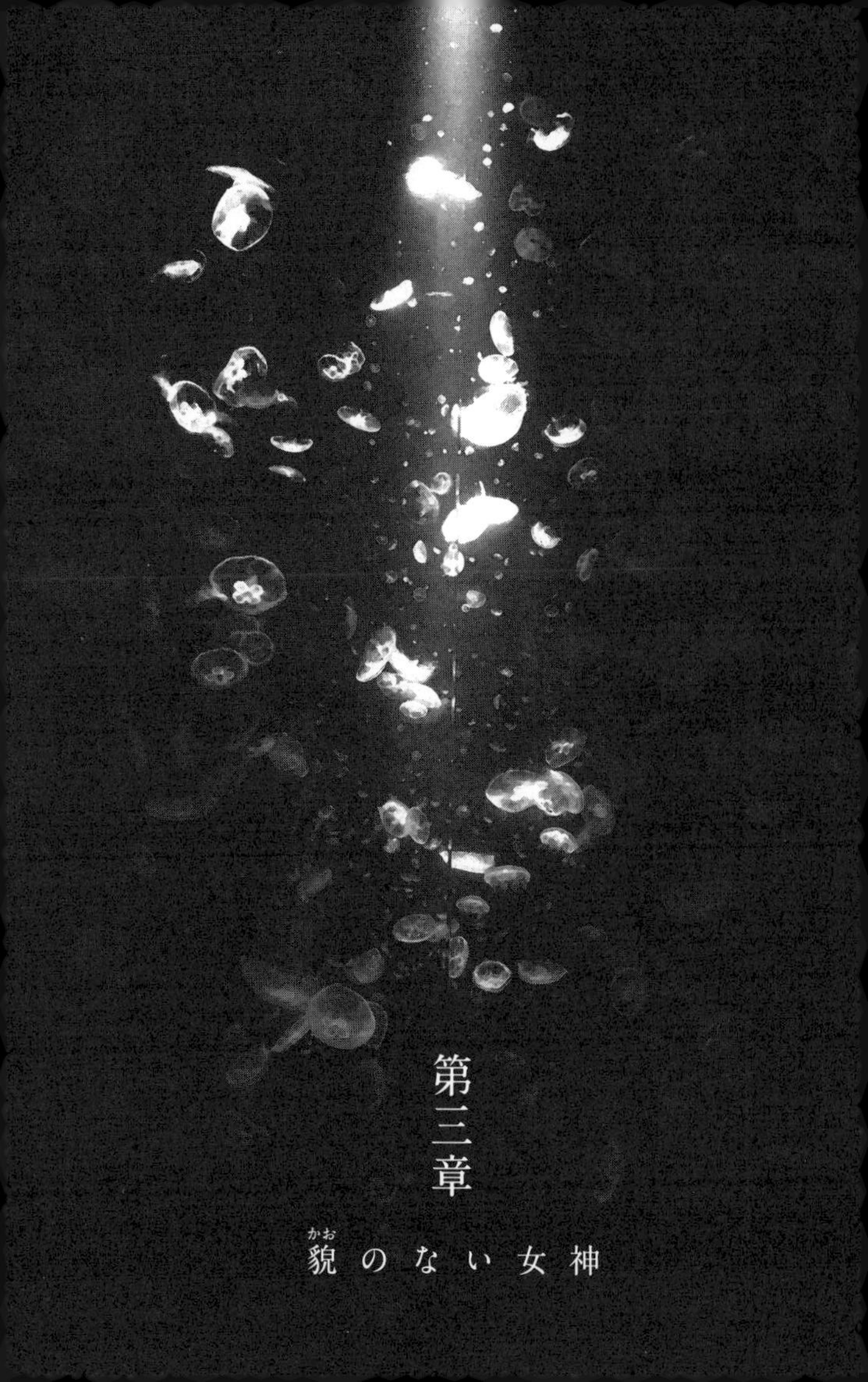

第三章

貌《かお》のない女神

窓のないアトリエは、まるで棺桶《かんおけ》のようだった。

「子どもの頃、海で溺《おぼ》れたことがあるんだ」

真っ白なカンヴァスに、濃淡の異なる青が載せられていく。瞬《まばた》きさえ忘れて、夫はこれから描く絵に夢中になっていた。

否《いな》、彼が執着しているのは、絵そのものではない。

絵を描くことを通して、彼は神様を探している。

「あのとき、僕は女神様を見たんだよ」

海で溺れた彼は、搬送先の病院で何日も生死の境をさまよった。死の淵から生還したとき、夢見るようにつぶやいたという。

美しい女が、海の底で笑っていた、と。

死にかけた子どもの見た悪い夢、と大人たちは判断した。しかし、彼にとっては夢幻ではなかったのだ。

溺れた彼が出逢《であ》った女神とは、彼にとって運命の女だった。

「あなたが描くのは、その女神様？」

高校の美術室で、初めて彼の絵を見たとき、海のような絵を描く人だと感じた。どんな絵であろうとも、青い色彩が頭から離れず、かすかに潮の香りがする。

この町で生まれた人間ならば、誰もが惹《ひ》かれずにはいられない絵だった。わたしたちは海神《わだつみ》から生まれ、やがては海に還《かえ》るべき生き物なのだから。

「そう。僕の美しい女《ひと》。どんな姿をしていたのかも忘れてしまったのに、美しかったことだけ憶《おぼ》えている。もう一度、彼女に会いたい」

まるで恋をするような、熱に浮かされた声だった。

「殺してやりたい」

夫に聞こえぬよう、小さくつぶやいた。

どれほど尽くしても、彼が振り向いてくれることはない。わたしの恋は永遠に叶うことはない。

わたしはあなたの運命になれない。

だから、あなたの運命を殺してやりたかった。

それさえも叶わないのならば、せめて――。

1.

その夜、海月館《くらげかん》を訪れたのは血まみれの女だった。

眠ることができず書庫にいた湊《みなと》は、水を替えようとしていた花瓶《かびん》を落とした。ガラス製の花瓶が砕けて、飾っていた花が潰《つぶ》れてしまう。

惨《むご》たらしい姿に、悲鳴をあげることもできなかった。

女は全身を刃物で刺されたのか、ところどころ赤黒い肉が露出している。顔面も繰り返し刺されたらしく、血と傷のせいで、どんな容貌《ようぼう》か分からない。

骨格や膨らんだ胸元で、辛《かろ》うじて女性と判別できるくらいだった。

海月館を訪れる死者は、自《みずか》らの後悔と関係の深い姿になる。

この女性は、おそらく刃物で刺されて絶命した。その出来事が、死後も忘れられぬ後悔と繋《つな》がっている。

「赦《ゆる》さない」

まるで呪詛《じゅそ》のような言葉だった。

次の瞬間、女性は甲高《かんだか》い声をあげて、クラゲの水槽に体当たりする。水槽が揺れて、循環していた水が乱れる。クラゲたちが触手《しょくしゅ》を絡ませ、苦しげに揺らめいた。

「……っ、止めてください！」

水槽のクラゲは実際に生きているクラゲではない。しかし、彼らは海神の一部であり、海神の御使《みつか》いのようなものだ。

何かあれば、海神に仕える凪《なぎ》にも恐ろしいことが起きるかもしれない。

咄嗟《とっさ》に、水槽に体当たりする女に抱きつく。

しかし、止めるどころか、湊は信じられないほど強い力で突き飛ばされた。壁一面の本棚に激突して、雨のように本が降ってくる。

「赦さない。殺してやる」

痛みを堪《こら》えて、湊は顔をあげる。

血まみれの彼女は繰り返し、水槽を殴りつけた。水槽が割れることはなかったが、クラゲたちが次々ひっくり返って、死んだように底に沈む。

同時、湊は海底へ引きずり込まれるような感覚に襲われた。

視界一面が、無数の青白いクラゲで埋まる。深くて暗い、海底の冷たさに包まれて、指先まで凍えていく。

湊の意識は、見知らぬ女の記憶へと沈んでいった。

●○○●○○●

古びた鳥居の、褪《あ》せた赤が遠くに見えた。

雨が降っているのに、やけに明るい夜だった。薄雲の向こうで輝く月のおかげか、外灯も必要ないほどだ。

だから、この人は今日を選んだのかもしれない。夜目が利かなくとも、散歩をしているわたしたちの姿なんて、簡単に見つけられたのだろう。

地面に倒れたわたしに跨《また》がって、何度も包丁を振りかぶる男がいた。

ひどく興奮しているのか、生臭い吐息が耳をかすめる。饐《す》えた汗が降りかかって、おぞましさに吐きそうになる。

ただ、もう吐くことすらできないほど、身体《からだ》の自由が利かない。繰り返し、繰り返し包丁で刺されても、どこか他人事《ひとごと》のように思う。

顔も身体もぐちゃぐちゃで、もう痛みすら感じることができないのだ。

ふと、顔を背ければ、茂みの陰《かげ》に丸い瞳があった。わたしとそっくりの顔をした息子は、涙を流すこともなく、殺される母を見つめていた。

息子は泥だらけになっていたが、死ぬような怪我《けが》は負っていない。わたしを刺している男も、若い女が狙いだったのか、息子のことは忘れている。

「燿《よう》くん」

誰にも聞こえぬよう、小さな声で囁《ささや》く。唇の動きだけで、息子は自分の名前が呼ばれていることが分かったらしい。

「お父さんに、ちゃんと伝えてね」

わたしが、あなたを守って死んだことを。

——あなたのせいで死んだことを。

目を閉じれば、瞼《まぶた》の裏に一枚の絵が浮かぶ。

幾重にも重ねられた青、漂うクラゲ、煌《きら》めく海の雪《マリンスノー》。その中心でこちらをじっと見つめる、いっとう美しい女。

あなたの描いた絵に、わたしはなりたかったのだ。

●○○●○○●

氷のように冷たい掌《てのひら》が、そっと湊の肩を掴《つか》んだ。

「どうしたの？　こんなところに蹲《うずくま》って」

凪は心配そうに眉をひそめて、湊を抱き起こす。

「いま、お客さんが」

「俺が書庫に来たときは、もう誰もいなかったよ。怖い記憶でも見たの？　こんなに震えて、可哀《かわい》そうに」

赦さない、殺してやる、という声が反響する。雪崩《なだ》れ込んできた記憶は、あまりにも惨たらしいものだった。

あれは、殺されている最中の記憶だ。

「血まみれの、女の人が。顔も分からないくらい傷だらけで」

あれほど残虐《ざんぎやく》に殺されたのだ。彼女の後悔は、湊が想像する以上に凄惨《せいさん》なものだろう。その後悔を紐《ひも》解くことができなければ、彼女は永遠に此《こ》の世をさまよう。だが、彼女の後悔を知ることが恐ろしかった。

「たまに、海月館を訪れる人だね。でも、ずっと何もしてあげられなかった。あの人は自分の後悔を見せてくれなかったから」

「どうして今になって？　わたし、凪くんじゃないんですよ」

海神に選ばれたのは凪だ。海月館に住みついて、凪の仕事を手伝ったところで、彼の役目を肩代わりすることはできない。

「さあ？　でも、湊が鍵なのかもしれない。湊だから、彼女は後悔を見せてくれた。どんな記憶だったの？」

「夜の森で、何度も刺されるんです。あんな、あんな何度も」

「母子《ぼし》通り魔殺人事件かな」

やけに早い返答だった。凪には思い当たる節があるらしい。

「……通り魔って、櫻子《さくらこ》さんが殺された？」

この春、海月館を訪れたのは、通り魔に殺された櫻子という女性だった。まさか、再び通り魔の話が出てくるとは思わなかった。

気味が悪い。あらゆるものが、出来過ぎた物語のように連鎖し、収束していく。すべてが海神の掌の上で転がされているかのようだ。

「そう。ここ十年くらいの間、思い出したように現れる通り魔だ」

湊を支えながら、凪は長椅子《いす》に移動した。彼はタブレット端末を膝《ひざ》に置いて、通信用のアプリを開くと、クジラのアイコンを揺らす。

「もう夜の三時ですよ。勇魚《いさな》くん、さすがに寝ていると思います」

凪は、町の出生情報、死亡記録、事件等を蓄積したデータベースを持っている。

凪の友人である勇魚という男が管理していて、取り込んだ新聞記事や町報等、あらゆる媒体《ばいたい》の情報を紐づけし、整理するものだった。

ただ、まだ作成途中のため、古すぎると検索対象にならないうえ、何をするにも管理人である勇魚とコンタクトをとる必要があった。

「寝ていても大丈夫。櫻子が海月館に来たとき、通り魔事件の詳細はまとめてもらっていたから」

アプリの過去ログに、いくつか勇魚のまとめた資料が添付されていた。

「最初の被害者は、木枯《こがらし》神社の縁者だね。母子で敷地内の森を散歩していたところ、殺されてしまった。不幸中の幸いか、幼い息子は助かったんだけど。母親の遺体、ひどい有様だったらしいよ」

当時の新聞記事をスキャンしたものが、画面に表示された。

遺体の発見者は、殺された女性の夫――子どもの父親だ。散歩に出たきり戻らなかった母子を心配し、探しまわった末、神社の敷地内にある森で見つける。

殺された母親、それを見ていたであろう息子、そして遺体を発見した父親。誰の立場になっても、痛ましい事件だった。

「通り魔、まだ捕まっていないんでしたね」

湊は画面をタップして、いくつかの新聞記事を展開させる。ここ十年くらいの間、櫻子のような若い女性が何人も犠牲になっていた。

彼女たちの遺体は海端《うみばた》に捨てられていた。繰り返し刃物で刺されて、綺麗《きれい》なのは顔だけだったらしい。

恐怖のあまり震えていると、凪が身を寄せてくる。

「こんなときに見せるものではなかったね。今日は一緒に寝てあげようか？　怖い夢を見ないように」

「子どもの頃みたいに、絵本でも読んでくれるんですか？」

「絵本でも、何でもしてあげる。ずっと一緒にいてあげる、と約束したからね」

凪は小指を絡めてきた。出逢った日、指切りして約束したときのように。

『全部くれるなら、ずっと一緒にいてあげる。絶対に置いていったりしない』

頭の奥で、愛らしい男の子の声がした。

遠田《とおだ》湊が、遠田凪という少年と出逢ったのは、母の葬式のときだ。最愛の母に置き去りにされ、泣いていた湊に、青い瞳をした少年は約束してくれたのだ。

ずっと一緒にいる、決して置いていかない、と。

凪が死んだ今も、その約束が湊たちを繋ぐ。

「今夜は一緒にいてください。眠れそうにないので」

さきほど海月館を訪れた女性が、瞼の裏に焼きついている。

凄惨な遺体、それも若い女性のものは苦手だ。数年前に亡くなった親友と、どうしても重ねてしまう。湊の親友はビルから落下して、目の前でぐしゃぐしゃに潰れたから。

あの日の燃えるような夕焼けと、同じくらい赤い血溜まりがよみがえる。

「良いよ。せっかくだから、いやらしいことでもする？」

「ばか」

「残念」

冷たい指が、面白くなさそうに湊の手を撫《な》でる。生気の感じられない白い指は、書庫を揺蕩《たゆた》うクラゲの触手と似ていた。


学校図書館の渡り廊下で、湊はあくびを嚙《か》み殺した。

三階建ての図書館は二つの棟に分かれており、渡り廊下で繋がっている。廊下の壁には学園や図書館に関係するイベントのポスターがあり、貼り替え業務は湊の担当だった。

体育祭、吹奏楽部の定期演奏会、図書館が毎年行っているタイムカプセル企画、様々なポスターを貼っていく。

最後のポスターを掲げて、湊は首を傾《かし》げた。

『水母展』

読み方が分からない。字だけ見れば水母《くらげ》だが、他の音をあてる可能性もある。

画家の個展だ。ポスターに印刷された絵は、展覧会の目玉だろう。

その絵を見たとき、強烈な既視感に襲われた。

深い青が印象的な絵だ。海中世界を描いたものなのか、あちらこちらにクラゲが漂っており、海の雪《マリンスノー》が輝いている。

絵の中心には、美しい女がひとり。

姿は人間の女だが、どこか異形の存在にも感じられた。彼女は微笑《ほほえ》んでいるようにも、悲しんでいるようにも、怒っているようにも見えた。

昨夜、海月館を訪れた女性の記憶にあった絵だ。殺されるとき、彼女はこの絵を思い浮かべていた。

「湊ちゃん興味あるの？　これ」

振り返ると、図書委員の吉野《よしの》が立っていた。あいかわらず派手なピンク色のカーディガンを羽織っており、学校指定のワイシャツでもない。

「吉野くん。まだ授業中だよね？」

腕時計を確認すると、昼休みには早かった。

「自習だから、みんなどっか行ったよ。俺も昼にしようと思って」

「特進クラスがそれで良いの？」

「良いの良いの、やるときはやっているから。湊ちゃんって、こういうの興味あるんだっけ？　絵の展覧会とか」

「東京で会社員だったとき、たまに親友と見に行っていたの。木枯町でも展覧会とかあるんだね。図書館にポスターが来るなら、この画家さん、学園と関係ある人なのかな？」

「知らないの？」

「有名な人？」

「有名っていうか。いや、そこそこ有名みたいだけれど。これ加島《かしま》さんだって」

加島は、湊の上司にあたる男だ。採用面接のとき担当してくれた司書で、就職してからも業務全般の指導にあたってくれた。

「雅号《がごう》って言うんだっけ。本名じゃないから気づかなかった？　でも、あの人、高等部で美術の非常勤講師もやっているのに」

「だって、普通の司書だと思っていたから。講師のことも知らなくて」

たしかに、図書館ではなく、校舎に詰めていることも多い人だった。しかし、湊よりも勤務歴が長い司書なので、校舎で特別な業務があると思い込んでいた。

「うわ、本当に知らなかったんだ。仕事仲間のくせに。世間話くらいするでしょ」

「……あんまり相手のこと聞いたりするの、失礼だから」

「そりゃあ図々《ずうずう》しいのは良くないけどさ。でも、一緒に働いているんだから、ちょっとくらい相手のこと知らないとダメでしょ。加島さんなんて、画家の仕事もあって有名だったのに」

「仕事といっても、大したものは受けていないよ」

湊は振り返った。廊下の先で、加島が優しげに笑っていた。四十近いはずだが、声や表情が若々しいせいか、実年齢よりも年下に見える。

「巡回展の最後なんだ。大きい会場ではないんだけれど、主要な都市をいくつかまわってから、木枯町に戻ってきた」

「へえ、すごい。何カ所もやったんだ」

「ありがと。そんな吉野くんに、僕から悪いお報《しら》せ。教室を出た子たちは、いますぐ職員室来るように、だって」

「半分くらい出ていったけど」

「他のクラスに示しがつかないから、今度から禁止だよ。君のことだから、受験勉強も上《う》手《ま》くやるんだろうけれどね」

吉野は溜息《ためいき》をついて、図書館を出ていった。

「展覧会、加島さんもいらっしゃるんですか?」

「休みの日は会場にいるよ。よかったら見に来てくれるかな? 会場は木枯神社だから、遠田さんの家からも遠くないよ」

昨夜、海月館を訪れた女性を思う。母子通り魔殺人事件。殺された女性の記憶は、このポスターの絵で途切れた。

さりげなく加島の左手を見ると、薬指でシルバーの指輪が光っていた。

あの女性は、夫の描いた絵を思い浮かべながら、死んだのだろう。


学校図書館は夜の九時に閉館する。遅番となると、退勤する頃には十時をまわることが多く、日によってはもっと遅い時間になる。

思いの外、業務が長引いてしまった。休憩室にある職員用ロッカーの前で、湊はスマートフォンを確認する。ロック画面に、恐ろしいほどの通知が入っていた。

「凪くん！　ごめんなさい、連絡できなくて」

慌てて折り返せば、すぐに電話は繋がった。

「良いよ、仕事だったなら。まだ図書館だよね、迎えに行くよ」

「ありがとうございます。校門まで来てくれますか？　帰りの支度が終わったら、すぐに出ます」

「校門で待ち合わせは良いけど、ギリギリまで中にいてくれる？　夜は物騒だからね」

「ふふ、心配してくれるんですか？」

「いつだって心配しているよ。どんなときも、君のことを想っている」

嘘《うそ》つきな男だが、その言葉に嘘がないことは知っていた。優しい感情も、苦しい気持ちも、すべて含めて、凪はいつだって湊のことを想っている。

「嬉《うれ》しいです。わたしも、あなたのことを想っていますよ。いつも」

「そう？　湊は嘘つきだから信じられないな。すぐ行くから、待ってて」

通話が切れる。気を揉《も》ませてしまったようだ。

「遠田さん、いま帰り？」

声をかけられて、湊は肩を揺らす。

「はい、橘高《きつたか》さんもですか？」

　橘高は、三十代後半の女性司書だ。遅番と早番、休日のローテーションが湊と同じなので、必然的に顔を合わせる機会も多い。

「うん。でも、本当に仕事は大丈夫？　さっきどこかに電話していたみたいだから、もしかして何か残っている？　明日で良いなら手伝うけど」

「違うんです、家族に電話しただけなので」

　仕事の電話ではないことを伝えると、橘高は首を傾げた。

「仕事じゃないの？　あんな丁寧に喋《しやべ》っていたのに。ごめん、盗み聞きしたわけじゃないんだけど、さっき声が聞こえちゃってさ」

「気にしないでください。大した話じゃないので」

「なら、良いけど。お詫《わ》びじゃないけど、送っていこうか？　塾まで子ども迎えに行くんだけど、ちょうど遠田さんのお家《うち》の近くも通るし。徒歩でしょ」

　橘高は鞄《かばん》から車のキーを出した。

「迎えが来るので大丈夫です。ありがとうございます」

「ああ、それで家族に電話していたのね。迎えに来てもらえるなら安心だけど、いろいろ気をつけてね。若い子が遅くに帰るの、加島さんも心配していたから」

その名前に、湊は思い出す。

「加島さんって、画家だったんですね」

「え。もしかして知らなかった？　遠田さんに仕事教えたの加島さんだったのに」

「仕事ではお世話になっていますけど、プライベートのこと話したりしなくて。加島さんも、わたしのことなんて知らないと思いますよ」

「それはないんじゃないかなあ。あの人、何でも知っているから。遠田さんが採用される前も、結構いろんなこと喋っていたよ」

「喋っていたって、わたしのことを？」

「実家がどのあたりで、どんな家族構成で、親戚がどうのって」

思わず眉をひそめると、橘高が苦笑する。

「ごめんね。あたしなんかは、もう慣れたけど。普通は嫌よね。でも、できれば許してあげて？　加島さんも可哀そうな人なんだよ。うわさ話で気がまぎれるなら、それも仕方ないかなって」

「可哀そう？」

「奥さんを亡くしているの。通り魔に殺されて」

湊は目を伏せた。やはり、海月館を訪れた女性は加島の妻なのだ。

「櫻子さんと一緒ですね」

「そうね。昔から物騒な町よ。通り魔は現れるし、この前なんか神社で遺体も見つかるし。そんなのばっかりで嫌になっちゃう。新聞、読んだでしょ?」

先日早朝、木枯神社を散歩していた町民が遺体を発見し、警察に通報した。亡くなってから何年も経過しており、遺体の一部は白骨化していたという。骨格から辛うじて男性と分かる程度で、まだ個人の特定には至っていない。

「神社の森に埋められていたやつですね」

連日の雨によって小さな土砂《どしゃ》崩れが起きて、地面の浅いところに埋められていた遺体が露出した。

ロッカー前で橘高を見送って、しばらくした後、湊は校門に向かった。

校門には、ちょうど迎えに来てくれた凪がいた。

「おかえり」

「ただいま、凪くん」

湊は駆け寄って、凪の手を摑むような仕草をする。

凪が実体を持てるのは、海月館の敷地内だけだ。繫ごうとした手は、当然のように彼の身体をすり抜けたが、それでも構わなかった。

「なあに？」

「久しぶりに、手を繋ぎたいな、と思ったんです。子どもの頃みたいに。体調が良いときは、いつも学校まで迎えに来てくれましたよね」

「いまも昔も物騒な町だからね。つい先日も、あんなことあったし」

「木枯神社で見つかった遺体のことですか？」

「うん。いつもどおり、大きな報道はされていなかったけれど」

凪の言うとおり、ショッキングな内容のわりに、地方新聞の隅《すみ》に載ったくらいだ。

木枯町は不幸が多く、全国紙で報じられても奇妙ではない凄惨な事件も起こる。しかし、それらの事件が、外の世界で話題にあがることは少ない。

まるで、この町だけ置き去りにされて、隔離されているかのように。

「よりにもよって木枯神社だ。これから展覧会も控えているのに」

「絵の展覧会ですね」

「図書館にも案内来ていたんだ？　そう、加島先生の展覧会。あの人は、まだ学園にいるんだったね」

「一緒に行ってくれませんか？」

「ごめんね。通り魔事件について調べたいことがあるから」

やんわり断られる。凪は、海月館を訪れた女——加島の妻について調べるのだろう。

「彼女は、何を後悔しているんでしょうか？」

殺されたことか。それとも、犯人が捕まっていないことか。あるいは、遺《のこ》された夫と息子のことかもしれない。

「気になるの？」

「凪くんが言ったんでしょう？　わたしが鍵かもしれないって」

今まで後悔を見せてくれなかった死者が、初めて記憶を明かしてくれた。その理由が湊にあるならば、力を貸したい。

そうすることで、凪の負担を減らしてあげたい。

「正直、あまり関わってほしくない。通り魔事件の被害者は、みんな湊くらいの女性だ。俺は死者だから、生きている君を守ることはできないんだよ」

たとえば、いま誰かが湊に危害を加えようとしても、実体のない凪には助ける手段がない。今日のように迎えに来てもらうのも、結局のところ気休めでしかない。

「良いですよ、守ってくれなくて。凪くんは死んだ人の味方ですから」

凪の役目は、死者の後悔に寄り添うことだ。

凪は凪の手法で、通り魔事件について調べる。ならば、湊は別の側面から、死者のことを探るだけだ。

「展覧会に行ってみますね。きっと、彼女の後悔と関係ありますから」

館に訪れた女性は、最期《さいご》のとき一枚の絵を思い浮かべた。加島——彼女の夫が描いた絵に、彼女の後悔を紐解く鍵がある。

2.

木枯神社。

町名と同じ神社には、御神体《ごしんたい》と呼ぶべきものは納められていない。

高台にある神社は、切り立った崖の縁に造られている。海神のおわす海に面していることから、海そのもの、ひいては海底にいる女神を祀《まつ》っているのだ。

加島の個展は盛況で、平日の朝にもかかわらず待機列ができていた。身元不明の遺体が見つかったことなど、誰も気にしていないようだ。

「ありがと、一緒に来てくれて」

「こっちこそ誘ってもらって良かった。仕事の気分転換にもなるから」

友人である三上遼斗《みかみりょうと》は、いつもと変わらない人懐こい笑顔を浮かべた。

「小児病棟は、もう慣れたの？」

遼斗は木枯総合病院の看護師だ。もともとは湊の祖母のいる病棟を担当していたが、人事異動があり、いまは小児病棟に移っている。

「それなりに。そっちはどう？　入れ替わりで後輩がいったと思うんだけど」

「新しい看護師さん、まだ会ったことなくて。おばあちゃんから、話は聞いているんだけれど。若い女性だよね」

「そう、まだ二年目。真面目《まじめ》な良い子だから仲良くしてやって」

雑談しているうちに、会場へと案内される。

冒頭から半ばまでは、本の装丁、イベントの絵、商品のパッケージなど、仕事として納品してきた絵が飾られていた。

それらが終わって、個人制作の区画に入ると、がらりと様子が変わる。

とかく青かった。青色がさほど使われていない絵ですら、青いと感じるのは、印象的な使われ方をしているからだ。

誰が見ても、画家が青という色彩に執着していることが伝わる。

「昔のまんまだな」

「遼斗さんは、前も見たことがあるの？」

「湊は違うみたいだけど、町の人間なら一度は見たことあるよ。仕事の絵は違うけど、オリジナルは海の絵が多い。雅号も水母だから、たぶん海が好きなんだと思う」

「あの字、やっぱりクラゲって読むんだね」

「読めなかったのか？　クラゲ好きのくせに」

「別の読み方をあてたのかな、と思って。この町でクラゲと言ったら、海神のことだから。神様の名前をつけるのは違和感があったの」

「畏《おそ》れ多いって？　だから、あえて漢字を変えたんじゃないかな。町だと《海月》の字をあてることが多いし」

「海神が好きなのかな？」

　町に暮らす人々が持つ、漠然とした海神への信仰ではない。もっと強く、底が知れない信仰が、ひとつひとつの絵に宿っている気がした。

　信仰というより、執着と言った方がふさわしいのかもしれない。

「これ、ポスターになっていた絵だな」

　遼斗は最後に飾られていた絵を指差した。実物はポスターの印刷よりも、深く吸い込まれるような青に彩られていた。

淡い青から藍色《あい》、様々な青を重ねて表現された海底の世界。

浮遊するクラゲ、ひかり輝く海の雪《マリンスノー》。人間離れした美しい女が、薄絹の羽衣を纏《まと》って、じっと鑑賞者を見つめている。

題名は《根《ね》の国《くに》》。

「怖い絵」

美しいが、それ以上に恐ろしかった。絵の奥に、おぞましい何かが潜んでいる。見つめ続けていたら、魂までも吸い取られるだろう。

「司書のお姉さん、よく分かっているね」

いつのまにか、湊の隣には少年がいた。

木枯学園の制服で、ネクタイのデザインを見るに中等部の生徒だ。二重の大きな目、整った鼻梁《びりょう》、花弁のように可憐《かれん》な唇。少女と見まがうほどの愛らしい男の子だった。

「みんなね、綺麗だって、美しいんだって言うけれど。とても怖い絵なんだよ。だから、気をつけてね」

ごく自然に、少年は湊の手を握った。下心など感じられない両手が、祈るように湊の左手を包んで、薬指の指輪を撫でる。

「何に、気をつけるの？」

「この絵と同じにならないように」

天使のように微笑んで、少年は会場を出た。薄っぺらい背中で、ナイロン製のリュックが羽のごとく揺れる。

「知り合いか？　学園の生徒だろ」

「いいえ。向こうは知っていたみたいだけど……」

少年が誰か分からないまま、湊たちは会場を出ようとした。

「遠田さん？　来てくれたんだね」

来場者の見送りをしていた加島が、湊たちに気づく。そういえば、今日は加島も休みの日だった。

「とても素敵でした」

「楽しんでもらえたなら良かったよ。そちらは、三上会館の息子さんだね。たしか同級生だよね、君たち」

遼斗が名乗るよりも先に、加島は言いあてる。遼斗は笑顔を崩さず、しかし居心地悪そうに会釈《えしゃく》した。

彼らは初対面のはずだが、加島は遼斗のことをよく知っているようだった。

「仲良いんだね、彼氏？」

「いいえ、友人ですよ」

「そうなんだ。友だちなら、その指輪をくれた人とは違うのかな?」

加島の視線は、湊の左手にある指輪に向けられていた。薬指のそれは、湊がこの町に再び住むことを決めたとき、凪が贈ってくれたものだ。

「これは……」

「誰から貰《もら》った指輪? 遠田さん、御身内もほとんど亡くなっているし、親しい人なんていないよね」

同僚に向けるべき感情ではないが、気味が悪い、と思ってしまった。

家庭の事情や親族、交友関係について、加島と話したことはない。だが、加島は湊のことを何でも知っているといった顔で話すのだ。

「誰でも良いんじゃないですか? あなたには関係のないことなんですから」

遼斗にしては珍しく棘《とげ》のある声だった。

「同僚のことを知りたいと思うのは、おかしなことかな?」

「おかしくはなくても、あまり踏み込んでくるのは失礼でしょう? 湊が誰を好きでも、他人にどうこう言われることじゃない」

「遼斗さん、大丈夫だから」

「ああ。凪くんのことを引きずっているんだね」

思いもよらぬ名前に、湊は呼吸を忘れた。

「どうして、わたしと凪くんのことを」

「遠田凪くん。有名な生徒だったよ。身体が弱くて、あまり登校してなかったけれど、とても目立つ子だった。頭が良くて、はっとするほど綺麗で、誰にでも優しい。品行方正を絵に描いたような男の子だったね」

凪は木枯学園の高等部に在籍していた。生来の病弱さが原因で留年し、最終的には中退してしまったが、生徒だったことは間違いない。

思えば、凪は加島のことを先生と呼んだ。十年以上も昔、凪が生きていた頃から、加島は学園にいるのだ。

「その指輪は、凪くんの形見かな？　遠田さんの気持ち分かるなあ。相手が死んでも忘れることなんてできない。だから、未練がましく指輪なんてつける」

加島の左手で指輪が輝く。妻を通り魔に殺された彼は、いまも指輪を外していない。

「奥様と、凪くんのことは違う話です」

「同じだよ。僕も、妻の死を受け入れることができない。……美しい人だったんだよ。けれども、彼女が生きているうちに、その美しさに気づくことができなかった。気づいていたら、もっと良い絵が描けたのにね」

妻の死を悼《いた》んでいるようで、その実、妻を蔑《ないがし》ろにする言葉だ。重要なのは妻ではなく、より良い絵を描くことだと言っている。

「湊。予約の時間あるから、もう行こう」

「何処《どこ》かに行くのかい？」

「久しぶりに会ったから、昼でも食べようかって話していたんですよ。いつも混んでいる店なので予約したんです」

湊を庇《かば》うよう、遼斗は嘘をつき、加島との間に割って入ってくれた。

「遠田さん、今日は来てくれてありがとう」

加島と別れて、二人は足早に会場をあとにした。

神社の石段を下りたところで、遼斗は立ち止まる。苛立《いらだ》ちを隠すように、乱暴に前髪をかきあげた。

「ごめん、職場で嫌な想いさせるかも。上司なんだろ」

「謝らないで。わたしが何も言えなかったから、代わりに怒ってくれたんだよね。ありがと。遼斗さんも嫌な気持ちになったでしょう？」

「……あの人、俺のこと知っていたな。会ったことないはずだけど」

「奥さんの葬式のとき見かけたのかも。通り魔に殺されたの、最初の被害者」

遼斗の実家は、町で唯一の冠婚葬祭を取り仕切る会社だ。加島が妻の葬式を行ったならば、確実に関わっている。

「通り魔って、ずっと犯人が捕まっていないやつだろ？　よっぽど上手くやってるんだろうな。湊も気をつけて、遅番だと帰りが夜になるだろ」

「大丈夫。遅くなったら、迎えに来てもらうから」

言ったあと、湊は少しばかり後悔した。

遼斗の瞳が哀《かな》しげに揺れる。従姉弟《いとこ》だから当然だが、そのまなざしは、数年前に亡くなった湊の親友とそっくりだった。

「まだ、凪さんのこと信じているの？」

問いの形をとっていたが、遼斗のなかで答えは出ている。

遠田凪は病死した。湊が十五歳だったときのことだ。いま湊と一緒に暮らしている男は、存在するはずがない亡霊だった。

「凪くんは、今も此の世にいるの」

「そう信じた方が、楽に生きていけるのか？　そんな指輪までして。そうしないと、息ができない？」

三上遼斗という人は、当たり前のように誰かを思いやる。周囲から愛されて育ったからこそ、その愛を惜しむことなく誰かに分け与えるのだ。

湊のような歪《いびつ》な人間からすると、あまりにも真っ当で、あまりにもまぶしい。

相手を傷つけるばかりの愛情なんて、遼斗は知らないだろう。

「わたし、自分がどんな風に思われているのか、分かってるの」

死んだ男にこだわって、彼が生きているかのように振る舞う。叶わない夢のなかを生きる、おかしくなってしまった女だ。

可哀そうなものとして憐《あわ》れまれるか、愚《おろ》かなものとして嘲笑《あざわら》われるか。

「俺は凪さんのこと信じられないけど、それで湊が楽になれるなら、湊が信じることまで否定しない。……でも、友だちが悪く言われるのは好きじゃない。せめて、凪さんのこと隠してくれたら良いのに、って思うんだ」

真っ直《ま》ぐ《す》で、だからこそ胸に刺さる苦言だ。

「遼斗さんは、人が死ぬのは、いつのことだと思う?」

突然の問いにも、遼斗は迷わなかった。

「人が死ぬのは、身体が動かなくなったときだ」

看護師である彼らしい答えだ。生命活動の停止こそ、彼にとっての死なのだ。

「わたしは、誰からも忘れられてしまったときが、本当の意味での死なんだと思うの。凪くんのこと、二度と忘れない。この先もずっと一緒にいたいから」

生きながらにして、死者と歩む。

それが湊の理想であり、凪を連れていきたい場所だ。

誰も信じてくれなくとも、おかしな女と謗《そし》られても構わない。死者の世界に囚《とら》われた人を、此の世まで引き寄せたいならば、凪の存在を否定するわけにはいかない。

湊だけは、凪が此の世にいることを信じなくてはならない。

「幸せにしてあげたいの。昔も、今も。ずっとそう願っている」

生前の凪は、湊の持つことができなかった素敵なものに囲まれていた。

優しい家庭に生まれて、惜しみない愛を注がれた人だった。多くの人に慕われて、多くの人が凪のことを大事に想っていた。

本当ならば、誰よりも恵まれた人生を送ることができた。海神に選ばれなければ、あるいは湊と出逢わなければ、幸福でいられた。

同じものを与えることはできなくとも、同じくらい幸せにしてあげたい。

「湊の、そういうところが。俺は歯がゆいって思うよ」

遼斗は眉をひそめて、いじけたようにつぶやいた。

書庫の窓を開けると、海風に混じって雨の匂いがした。梅雨《つゆ》入りを控えた六月の雨は、まるで天が泣いているようで、何処かもの哀しい。

「帰ってから、ずっと変な顔しているね。あの男に意地悪でもされた？」

「遼斗さんは意地悪なんてしませんよ」

むしろ、意地の悪いことをしたのは湊だ。遼斗の気遣いを踏みにじった。

「なら、展覧会で嫌なものでも見たのかな。加島先生の絵は、良くも悪くも強烈だよね。ずっと見ていると具合が悪くなる」

「凪くん、加島さんと親しかったんですか？」

ほんのわずか、凪の瞳が揺れる。しかし、瞬きのうちに、いつもどおり感情の読めない表情に戻ってしまう。

「大勢いた生徒の一人だよ。俺も、あの人自身より、あの人の描いた絵の方が詳しいくらい。有名な作家の本で、表紙の絵を担当していたこともあるから」

まるきりの嘘ではない。しかし、何か隠していると感じた。

湊は鞄から展覧会のチケットの半券を取り出す。チケットに印刷された絵は、図書館に飾ったポスターと同じ絵だった。

展覧会の目玉――海の世界を描いた絵だ。

「根の国、という題名です」

とかく、青の目立つ絵だ。

至るところに様々な濃淡の青が重ねられ、閉ざされた海底世界を彩る。きらきら光る海の雪が降って、その先には美しい女がいた。

「海底の絵に、ずいぶん皮肉な名前をつけるんだね」

「根の国って、何のことですか？」

「地獄《じごく》。正確には違うけど、誤解を恐れず、分かりやすい言葉で説明するのなら、ね。死者の国を、そう呼ぶんだ。伊邪那美命《いざなみのみこと》がいる世界、黄泉《よみ》の国《くに》と言えば想像できる？」

伊邪那美命。日本神話において、一、二を争う知名度の女神だ。

夫である伊邪那岐命《いざなぎのみこと》と交わり、日本国土を生んだ彼女は、その後に多くの神々を生むことになる。しかし、加具土命《かぐっちのみこと》という火の神を生んだことで、火傷《やけど》を負い、命を落としてしまうのだ。

死んだ彼女がおわすのが、地下にある死者の国――黄泉の国だった。

「海の底に、地獄があるんですか？」

「この町の海神は、命を生みだす女神であり、命を奪う死神《しにがみ》でもある。彼女がいる場所を黄泉の国と同一視しても不思議ではないよ。実際、海神を伊邪那美命《いざなみのみこと》に託《かこつ》けて語ることもある」

「ぜんぜん知りませんでした」

海神のおわす場所に、明確な名前は与えられていない。ただ、町民の多くは、いわゆる天国のような土地、と認識している。

しかし、死後の世界という意味では、天国だけでなく地獄も当てはまる。凪の言うとおり、地獄と重ねる人間がいたとしても不思議ではない。

「木枯町の海神なんて、余所《よそ》では信じられない怪しい神様だ。そんな神様に正統性を持たせるためには、正統な神様の力を借りないと。伊邪那美命だけじゃなくて、いろんな神様のイメージをつまみ食いしているよ」

身も蓋《ふた》もない話だった。だが、そうやって、いくつもの神々の物語を吸収しながら、木枯町の神は信仰を確立させた。

「神様って、すごく不確かで曖昧《あいまい》な存在なんですね」

それにもかかわらず、人間は神を信じる。町の人々は海神を受け入れるのだ。

「不確かで曖昧だから、信じることができるんだよ。誰もが理想を重ねることができる、自分にとって都合の良い面だけを信じることができる。加島先生だって変わらない。この絵に描かれた海の雪《マリンスノー》が、その証拠だ」

面白くなさそうに、凪はチケットをつまみあげる。

「マリンスノーの正体って、何ですか？　光とか？」

「いろいろあるけど。有名なのは死骸《しがい》だよ、プランクトンの」

もし、海の底に地獄があって、そこに死骸が降るならば、この女の正体はひとつだ。

「海神を描いた絵なんですね」

「どうして、クラゲの姿をしていないんだろう、と思った？」

「はい。けれども、考えてみたら変な話ですよね。みんな海神のことを女神様だと思っているでしょう？　なら、この絵みたいに女性の姿をしているのが自然です。誰が、クラゲなんて言い出したんでしょうか」

「御先祖様。海神の神託を受けた巫女《みこ》だけが、海神の姿かたちを知っている」

遠田の先祖は、海神の神託を受けた巫女である。だから、凪のように、海神に選ばれた者が生まれる。さまよえる死者を導く役目を負わされる。

書庫の水槽で、こぽり、こぽりと水泡が弾《はじ》ける。水槽をたゆたうクラゲたちは、柔らかな肢体《したい》を揺らしながら、触手を絡ませていた。

――クラゲとは、骨も殻《から》もなければ、脳も心臓も存在しない生命体だ。

ならば、クラゲの姿をした神に、託宣を授ける意志や言葉があるのだろうか。

湊の思考を遮《さえぎ》るよう、ドアベルが鳴った。

血まみれの女が、しおれた花のような佇《たたず》まいで歩いてくる。容貌が分からぬほど傷ついた貌《かお》で、大きな目玉だけ爛々《らんらん》と光っている。

彼女は水槽のクラゲを睨《にら》む。否、睨んでいるのはクラゲではない。

水中を漂うクラゲに、海神を重ねているのだ。

彼女は水槽に手を伸ばし、何度も殴りつける。傷と血のせいで表情も分からないのに、湊には泣いているように思えた。

やがて、彼女は水槽に爪《つめ》を立てながら、すがるように額《ひたい》を寄せた。

●○○●○○●

水筒にコーヒーを淹《い》れて、アトリエを訪ねる。

扉が開いたことも気づかず、あなたはカンヴァスから目を逸《そ》らさない。

イーゼルの前に座った、少し丸くなったその背中に触れたくなる。筆を握るあなたは、世界でいちばん格好良くて、いちばん魅力的だった。

だから、絵を描くのと同じだけの熱量で、わたしのことも見てほしかった。

どれくらいの時間が経《た》ったのか分からない。十分か一時間か、あるいはもっと長い時間だったかもしれない。

あなたは筆を置く。それは絵が完成した合図だった。

「綺麗な絵ね。海のなか？」

透きとおるような海底の世界が広がっている。青いグラデーションにまぎれて、クラゲたちが浮遊している。それらを取り巻くのは、煌めく海の雪《マリンスノー》だ。

何よりも目を引いたのは、海底にいる女だった。此の世のものとは思えぬほど美しい女は、竜宮城《りゅうぐうじょう》の乙姫《おとひめ》だろうか。

「地獄だよ。海の底には地獄がある、そこには美しい女神がいるんだ」

「女神様って、海神のこと？」

海神といえば、クラゲの姿をしているものだ。少なくとも、こんな風に女のかたちをしているとは聞いたこともない。

「子どもの頃、海で溺れたことがあるんだ。そのとき、僕は彼女と出逢ったんだよ」

「なら、これは神様の絵なのね」

「そう。僕の美しい女《ひと》、僕だけのものにならない冷たい女神様。海の底で、彼女は今日も僕を待っているんだ」

まるで恋をしているかのような、甘ったるい声だった。

「ねえ。絵が完成したなら、明日、何処かに出かけない？　結婚記念日でしょう」

掌に爪が食い込むほど強く、拳《こぶし》を握った。結婚してから何年も経って、息子までいるのに、こんな一言さえも勇気がいる。

「行かない。お祝いでもしたいの？　たかが籍を入れただけの日なのに」

この人は、絵を描くために生涯を賭《と》した。否、海神を探すために、他のすべてを削ぎ落としてしまった。

そのことを幾度も思い知らされ、いつも身を切られるような痛みがあった。

好きな人の一番どころか、好きな人の目に映ることもできない。

そのことがひどく哀しく、ひどく赦せなかった。こんなにも愛しているのに、あなたは生涯、わたしを愛してはくれない。

「なら、いつなら良いの？　燿くんの誕生日もダメって言ったじゃない」

幼い息子の誕生日ですら、彼は絵を描くことを優先させた。寂しそうな息子をあやしながらも、自分の主張を譲らなかった。

「燿一郎《よういちろう》の世話は、君の仕事だ。君の我儘《わがまま》で作った子どもなんだから」

腹の奥から込みあげた怒りで、視界が真っ赤になった。張りつめていた糸が、ぷつり、と切れてしまった。

気づけば、水筒の中身をカンヴァスにぶちまけていた。

美しいカンヴァスは、見る見るうちに茶色く染まった。心はひどく高揚していた。ようやく、彼が焦がれた女神を汚すことができた。

「どうして？　いつもそう。もっと一緒にいて。もっとわたしのこと見て。他の誰かなんて、そんないるかも分からない神様のことなんて、どうでも良いでしょ!?」

無言で立ちあがって、あなたは手を振りあげた。

前髪を鷲《わし》掴みにされて、勢いよく壁に叩きつけられる。振りあげられた拳が、容赦なくわたしの顔を殴りつけた。

「いるよ」

何が、と言いたかった。しかし、声は音にならなかった。震える身体は少しも自由が利かず、唇を嚙み締めることしかできなかった。

「海神はいる。僕は彼女に出逢ったことがあるから」

神などいるはずがない。クラゲの姿をした美しい女神は、この町の人々にとって心の拠り所だが、彼女はわたしたちに何もしてくれない。

何もしてくれないならば、いったい、誰が神の存在を証明することができる。

「……どうして、わたしと結婚してくれたの？」

それほど海神が好きならば、海神のことだけ考えていたら良かった。

「ずっと絵を描いて良い、と言ってくれたのは、君だけだったから」

わたしは嗚咽《おえつ》を洩《も》らした。もう無理だった。

高校生の頃、あなたの絵を見た。美しい絵を描く人に、身勝手な理想を重ねて、一目惚《ぼ》れしてしまった。

恋心は一瞬にして燃え上がり、自分では制御できない場所まで辿《たど》りついた。

美しい絵を描くあなたが好きだった。筆をとるあなたは、恋をするように美しい顔をしていた。そのまなざしを、わたしにも向けてほしかったのだ。

「死んじゃえば良いのに、神様なんて」

そんなにも神様が良いならば、もう一度、海に飛びこめば良い。そうしたら、溺れているあなたに、神様は手を伸ばしてくれるかもしれない。

——殺してやりたい、あなたの愛する女神を。

そうすれば、あなたはわたしを女神のように愛してくれるだろうか。

●○○●○○●

午前の業務を終えて、昼休憩に入るときだった。

「遠田さん、ごめん！　これ高等部の美術室まで届けてほしいの」

困ったように、橘高が数冊の画集を差し出してきた。

「もしかして、美術の授業に使う本ですか？」

「そうなの。加島さん、午後から使うのに忘れていったみたい。あたし、これから図書委員の子たちと打ち合わせだから、届けに行けなくて」

橘高の言う打ち合わせは、タイムカプセル企画だろう。

図書館が主催する企画のひとつだ。大人になった自分に一冊の本を贈るもので、毎年、司書と図書委員が一緒になって運営している。

「大丈夫ですよ、届けてきますね」

湊は引き受けて、高等部の校舎に行く。

四階の美術室には、加島と男子生徒がいた。

ネクタイを見るに中等部の生徒だ。美術室や書道室のような特別教室は、中等部と高等部で兼用となっているので不自然ではない。

「燿一郎、昼休みに悪かったね」

「いいよ、こっちに用事あったから。お客さん来たみたいだから行くね」

美術室から出てきた少年は、加島の個展で話しかけてきた子だった。湊が呼び止めようとすると、少年は唇に人差し指をあてる。秘密、とでも囁くように。

「遠田さん?」

「あの、いまの子は」

「息子だよ。ほら、前に言わなかったかな? 今年から中等部にいるって」

「あっ、そうでしたね。綺麗な子ですね、すごく」

「そうだろう? 妻に似て美人なんだ、いっそ女の子なら良かったんだけれどね。——遠田さんが校舎に来るなんて珍しいね。何か用事かな?」

「届け物です。午後の授業で使いますよね」

教卓に画集を並べると、加島は頰《ほお》を指でかいた。

「やっぱり図書館に忘れていたんだね。助かったよ」

「本当に、美術の講師もされているんですね」

「こちらが本業だね。カリキュラムの変更で講義が少なくなったから、司書も兼任するよ

うになったんだよ」

　本業。絵に関わることが、加島にとって天職なのだろう。

　彼の個展に飾られていた絵は、素人《しろうと》目にも立派なものだった。吸い込まれるような青い絵に惹かれて、虜《とりこ》になる人も多いだろう。

　かつて、加島の妻がそうであったように。

「ずっと描いているんですか？　学生の頃とか」

「そうだね。ここの生徒だったときも、ずっと描いていた。そのあたりに名前あると思うよ、たぶん」

　加島は壁際の棚を指差した。ずらりと並んだ賞状や楯《たて》は、歴代の生徒がコンクールなどで残してきた功績だ。

「たぶん？」

「在学中、いくつか賞を貰ったんだけど。どんな賞だったか忘れてしまって」

　本当に思い出すことができないのか、加島は首を捻《ひね》った。

「忘れたって……。嬉しくなかったんですか」

「教師の勧めで応募しただけだから。正直、誰にどう思われて、どんな評価を貰っても何も思わないんだ。褒められても罵倒《ばとう》されても」

「なら、どうして描くんですか？」

湊は何かを創《つく》る人間ではないので、彼らの心情を想像することしかできない。

だが、なかには誰かに認められること、名誉を得ることを願って、創作する人間もいるはずだ。理由としては、このうえなく人間らしくもあった。

加島は目元をくしゃくしゃにして、声をあげて笑う。

「懐かしいなあ。在学中にね、同じことを聞いてきた子がいたよ。奥さんなんだけど。遠田さんみたいに、すごく不思議そうな顔をしていた」

「奥様とも、高校のとき？」

加島は頷《うなず》いて、そっと結婚指輪を撫でた。

「すごく綺麗な子で、みんな彼女に夢中だった。……僕なんかを好きになるなんて、変わった子だったよ。でも、結婚相手としては悪くなかった。ずっと絵を描いても良いよ、と言ってくれたのは、彼女だけだったから」

「好きじゃないのに、結婚したんですか」

「……？　望むとおり結婚してあげて、望むとおり息子だって作ってあげた。彼女は幸せだったと思うよ」

身勝手な物言いだ。悪びれもなく微笑んでいる分、よけい性質《たち》が悪かった。

「自分を好きになってくれない男に人生を縛られて、最期は通り魔に殺されて。幸せだとか、そんな風に思えるんですか？　幸せじゃなかったから、彼女は」

不幸だから、血まみれの女は海月館を訪れる。生きていた頃も、死んでからも、彼女の気持ちは報われない。

「知っているんだね、妻が通り魔に殺されたこと。……彼女の遺体を見つけたの、僕なんだけれど。少しも哀しくなかった。そう言ったら、君は怒るのかな」

何の感傷もなく、加島は事実だけを語る。この男は、惨たらしく殺された妻の前でも、きっと平然と笑っていられた。

なぜなら、殺されたのは、彼の愛する海神ではない。海神でないならば、彼にとって価値あるものではなかった。

「そんなに海神が大事ですか。あの絵みたいに」

個展に飾られていた《根の国》という絵は、加島の妄執《もうしゅう》そのものだ。

「子どもの頃、海で溺れたことがあるんだ。そこで海神に逢った。どんな姿をしていたのか忘れてしまったのに、彼女が美しかったことだけ憶えている。海神を描きたいんだよ。描くことで、もう一度、彼女に会いたいんだ」

「それは違うと思います。忘れてしまったなら、どうして《根の国》を、あの絵を描いたんですか？　あなたの女神には、姿かたちがあったじゃないですか」

加島は、海神を人間の女に見立て、明確な姿を与えた。

彼は驚いたように目を見張った。湊の指摘を受けるまで、一切そのことを意識していなかったかのように。

「あれは……、あれは違うよ。僕の望む海神じゃない」

「いいえ。あれが、あなたにとっての海神です。だから、あなたが絵を描く理由なんて、もう何処にもない。海神を見つけたんですから。……いい加減、奥様のこと見てあげてください。亡くなった今くらい大事にしてあげて」

「死んだ人を大事にするのは、生きている人間の自己満足だよ。遠田さんにはお似合いかもしれないけれど。その指輪、本当は形見なんかじゃないんだろう？　凪くんの形見にしては新しすぎる」

「……はじめから、形見だなんて言ったことありません」

「可哀そうに、形見のひとつも貰えなかったんだね。凪くんの形見、欲しくない？」

「おかしなこと言わないでください。凪くんの形見は、ぜんぶ家族のもとにあります。この町に残っているのは、お骨くらいなんですよ」

凪が死んだとき、湊は形見分けに参加していない。

当時の湊は、凪の死を受け入れることができなかった。心身ともに衰弱《すいじゃく》し、半ば錯乱状態にあったので、形見のことを考えることもできなかった。

いま思うと、たとえ形見分けに参加できたとしても、凪の家族は、湊にだけは渡さなかっただろう。彼らにとっての湊は、凪についた悪い虫だった。凪のすべてを独り占めして、奪っていくだけの憎らしい存在だったから。

「本当に？　誰かが預かっているとは思わなかったんだ」

心臓が早鐘を打った。加島の言葉が、嘘か本当か判断できない。

「欲しいよね、凪くんの形見。だって、君は死んだ人にすがって、なんとか生きているんだ。とっくの昔に死んだ男を想って、一緒に生きているかのように振る舞って、正気を保っているんだよね」

湊がどれだけ信じても、海月館にいる凪を愛しても、それは異常なことだ。今を必死に生きている人たちにとって、死者を妄信するおかしな女だ。

そのようなこと、湊自身が一番よく分かっていた。

「生きているときも、亡くなってからも、奥さんを踏みにじっている男に比べたらマシです。わたしは生きていた凪くんも、死んでしまった彼も愛しています」

耐え切れず、湊は美術室を出る。

瞼の裏に、海月館を訪れる血まみれの女が浮かんだ。

「分からない、あなたの気持ちが」

彼女は、決して振り向いてくれない男に恋をした。生きているときも、死んでからも大事にされることはなかったというのに、いまも夫を想っている。

きっと、彼女の後悔は、通り魔に殺されたことではない。

彼女の記憶には、いつだって夫への想いが溢《あふ》れているのだから。

3.

早朝の海岸に、冷たい風が吹く。

木枯町は、東、西、南の三方を海に囲われており、北側の一部だけが内地に繋がっている。地図上で見ると、涙のしずくのような形をしていた。

人口が集中しているのは、町の中心部から北側にかけて、より高台に近い場所となる。

海端で栄えているのは、基本的に港のある東側だけで、西と南は寂れたものだ。

「通り魔の被害者は五人。二十代から三十代の若い女性で、全員この南側の海岸で見つかった。遺体は消波ブロックに引っ掛けられて、海に晒《さら》された。犯人の足取りは摑めていない」

凪はそう言って、波打ち際の消波ブロックを指差した。

「そういえば、どうして同一犯が疑われているんですか？」

同一犯ではなく、模倣《もほう》犯の可能性もある。まして、通り魔は一定の期間に集中しているのではなく、ここ十年ほど、思い出したように現れている。

「遺体が似ているんだ。身体は刃物で何度も刺されているのに、顔だけ綺麗なまま」

ふと、湊は違和感を覚えた。

「海月館に来る女性は、顔もあんなに傷つけられていたのに？」

最初の被害者――加島の妻は、顔面も傷だらけだ。

「たしかに。彼女だけ違うね？」

「それに、彼女が見つかったのは海端ではありません。木枯神社の森ですよ」

湊はスマートフォンを取り出して、地図アプリを指でなぞる。湊たちのいる南の海端から木枯神社にかけて、地形の高低差もあり、距離も離れている。

「神社の森。この前、遺体が見つかったところだ」

先日、木枯神社の森で、身元不明の遺体が見つかった。雨による土砂崩れで、埋められていた遺体が露出したのだ。

「その人も、通り魔の被害者だったんでしょうか」

「どうだろう。見つかったのは男だったから」

「じゃあ、誰？　無関係の人ですか？」

「分からないけど、たぶん分からないままじゃないかな。該当《がいとう》する行方不明者がいなければ、そんな熱心に身元の特定はしない。見つかった場所が場所だから、警察も深入りしたくないんだよ」

「木枯神社って、そんな厄介《やっかい》な場所ですかね？」

「海神と縁のある場所は、ぜんぶ厄介な場所だよ。この町では、人の死に理由がつく。どんな風に死んでも、すべて海神のせいにできる。だから、悲惨な事件が起きたところで、住民はそれほど関心を持たない」

「ぜんぶ海神の導き？」

「そう。通り魔事件だって同じだよ。だから、犯人が捕まらない。捕まえる必要もない。ぜんぶ海神のしたことだ、と納得できるから」

町中に蔓延《まんえん》する、性質の悪い病のようだった。

木枯町の人間にとって、誰かの死は他人事だ。大事な人、あるいは自分自身が対象とならない限り、それらは海神の導きとして受け入れられる。

たくさんの死が、当たり前のように日常に埋もれていく。

そのまま海端を歩くと、反対側から二つの人影が近づいてくる。加島と、その息子であった。

こちらに気づいて、加島がひらひらと手を振る。

「遠田さん？　こんなところで何をしているの、一人歩きは危ないよ」

凪の姿が見えていない加島は、心配そうに眉をひそめる。

「おはようございます、少し海が見たくなって。そちらは……」

「息子の燿一郎。ほら、挨拶《あいさつ》して」

「はじめまして、司書のお姉さん。加島燿一郎です。かがやくって字を書くの。火偏《ひへん》の方ね。燿って呼んでくれる？」

かがやく。おそらく《燿》の字だ。

あくまで初対面だと主張して、燿一郎はひらひらと手を振った。顔はまったく似ていないが、さきほどの加島とそっくりの仕草だ。

「なら、燿くん、と」

燿という愛称は、海月館を訪れる女性の記憶にも出てきた。殺される母親を見つめていた幼子は、もう中等部に進学する年齢になったのだ。

「燿一郎、僕は向こうに行っているよ。遠田さん、また図書館でね」

加島の手には花束があった。花屋で選んでもらったというより、自分たちで摘《つ》んできたような素朴《そぼく》な花束だ。

「このあたり、よく来るの？」

燿一郎は頷いた。

「ここ、通り魔に殺された人たちが見つかった場所でしょ？　お花くらいあげないと、哀しいから。母さんみたいに」

母子通り魔殺人事件。その被害者であった男の子は、海に向かって手を合わせた。

「優しいんだね」

「ふふ、ちょっと違うかなあ。優しいんじゃなくて、ごめんなさい、ってつもりで、花をあげているだけ。みんな母さんが殺した人たちだから」

「え？」

「母さんと似ているから、殺されちゃったんだよ。ねえ、お姉さんは知っているかな？　かたちの分からないものを探す方法を。どうやったら本物が見つかるかを」

クイズ、と言って、燿一郎は父親のもとへ駆けていった。

横に並んだ二人は、誰が見ても仲の良い親子だった。妻を愛さなかった男と、妻の我儘で作られた息子とは思えない。

「答えは簡単だ」

黙り込んでいた凪は、消波ブロックを睨みつけた。かつて、通り魔に殺された女性たちが転がっていた光景を想像するように。

「似ているものを殺し続ける。姿かたちが似ているのなら、きっと死ぬ瞬間も似ているだろう？　類似品を殺せば殺すほど、本物に近づくことができるんだ。通り魔は知りたかった。死ぬとき、彼女がどんな貌をしていたのか」

凪は確信をもってつぶやく。彼のなかで、すべて繋がったのかもしれない。通り魔のことも、海月館を訪れる彼女の後悔も。

「この件、やっぱり関わらないでほしい」

「でも」

「何度も言うけど、俺は君を守ることができない」

凪が伸ばした手は、当たり前のように湊をすり抜けた。いま、湊の目に映る姿も、鼓膜《こまく》を揺らす声も、湊にしか認識できない幻だった。

たとえば、誰かが湊を殺そうとしも、凪は指を銜《くわ》えて見ていることしかできない。

「守らなくて良いんです。凪くんは死んだ人の味方で、生きているわたしのことなんて助ける必要ありません。だから、巻き込んで、あなたのいる地獄まで。……凪くんが一人で傷つくなら、一緒に傷つきたい」

その覚悟をもって、湊はこの町で再び生きることを選んだ。

「信じられると思う？」

薄紫の唇が、意地悪そうにつりあがった。

「俺が死ぬとき、君は逃げた。一緒に傷ついてくれなかった。俺を看取《みと》ってくれることもなく、形見分けすら来なかった。ぜんぶ忘れて、外の世界で幸せに生きていた」

海底の青をした瞳が、責めるように湊を射貫く。

寄り添ったつもりで、その実、なにひとつ凪の心を救いあげることができずにいる。そのことを何度も思い知らされる。

「愛しているよ、大事にしてあげたいのも本当。ずっと一緒にいてあげる、と今でも心から思っているよ。……けれども、同じくらい君を憎んでいる」

普段の凪は、優しい恋人だ。湊のことを真綿で包むようにあつかって、湊が生きやすいように支えてくれる。

だが、その愛情の奥底には、いつだって湊への憎しみがくすぶっている。

湊は目を伏せた。瞼の裏で、病室の白いカーテンが揺れている。一緒に死んで、と願った十九歳の彼が、今もそこにいる気がした。

大人になれなかった恋人は、あの日のまま湊に笑いかけるのだ。

●○○●○○●

昼休み、図書館の休憩室で、湊は海月館から持ち出したデータを確認する。

新聞記事の切り抜きをスキャンしたもので、すべて通り魔殺人事件のものだ。やはり、最初に殺された加島の妻だけ様子が違う。

顔だけ綺麗だった他の被害者と異なり、彼女だけ顔も傷つけられた。

「お姉さん、そっちのテーブル使っても良い？」

コンビニ袋をふたつ携《たずさ》えて、燿一郎が手を振っていた。

「こんにちは。誰かと約束かな？」

「うん。吉野くんと待ち合わせ」

図書委員である吉野は、この休憩室で昼食をとることも多い。そのため、燿一郎の言葉は不自然ではないのだが、少しだけ意外だった。

「吉野くんと知り合い？」

「お友だち！　櫻子ちゃんが紹介してくれたんだよ。俺、小学生のとき、父さんの仕事が終わるまで図書館で待っていたんだ。櫻子ちゃんも吉野くんも優しいから、よく遊んでくれたの」

櫻子。彼女の名も、湊が見ていたデータに載っている。

「クイズの答え、分かった？」

燿一郎はテーブルに頬杖をつくと、上目遣いに問うてきた。

「似ているものに、同じことをすれば良い、って」

『通り魔は知りたかった。死ぬとき、彼女がどんな貌をしていたのか』

朝風の吹きぬける海端で、凪はそう言った。

「大正解。似ている人を殺し続けたら、いつか母さんの死に顔に近づく。通り魔はね、母さんの死に顔を見たいんだよ。だから、似ている人を殺し続けるの」

燿一郎の言葉は憶測に過ぎない。しかし、言い知れぬ説得力があった。

通り魔が求めるのは、いまも彼の母親なのだ、と。

「母さんはね、身体も顔もぐちゃぐちゃだったの。だから、どんな死に顔だったのか分からないんだよ。笑っていたのか、泣いていたのか、怒っていたのか」

「ごめんね。つらいことを」

　燿一郎は天使のように微笑んで、首を横に振った。

「通り魔の気持ちなんて分かりたくないけど、ちょっとだけ分かっちゃう。……だって、死に顔が分からないって、しんどい。あのとき、俺は三歳くらいだったから何も憶えていない。きっと看取ってあげることもできなかった。すごく後悔している」

「……そっか。わたしも、似たような気持ちを知っているよ」

　幸福に別れることができたなら、後悔にはならない。看取ってあげることも、一緒に死んであげることもできずに死に別れたから、気持ちを捨てることができない。

　湊とて、凪のことを悔いて、この町に留まっていた。湊のことを後悔して、此の世に囚われている凪の傍《そば》に。

「お姉さんも、大切な人が死んじゃったんでしょ？」

「うん。もう十年以上も前のことだけど」

「死んじゃっても、ううん、死んじゃったからこそ諦《あきら》めきれないんだよね。会いたいって、死んだ人のかけらを探しちゃう。……あのね、凪さんの形見のこと、父さんから聞いちゃったんだ」

「加島さん、本当にお喋りなんですね」

「許してあげて。あの人、気遣いとか、ぜんぶ海に置いてきちゃった人なんだ。自分のことしか考えていないの。あのね、形見、こっそり渡してあげるよ。父さんに頼むのは嫌でしょう？」

「どうして、そこまでしてくれるの？」

「たぶん、通り魔と一緒。お姉さんは母さんと似ているから、何かしてあげたいって思っちゃうの。母さんが生きていたら、こんな風に喜んでくれるのかなあ、って想像できるでしょ？　だから、ぜんぶ自分のため」

燿一郎は目を細めた。湊の姿かたちに、亡き母の面影を探すように。

死者を想うことは自己満足だ、と加島は言った。

図星だったから、否定することができなかった。木枯町に戻ってきたことも、凪の隣で生きることを選んだことも、結局は湊自身のためだ。

「ありがとう」

「どういたしまして。あんまり堂々と持ってくるのも良くないよね。お姉さんが変に疑われたら嫌だし。未成年に手を出している淫行《いんこう》司書だって」

淫行。愛らしい男の子から、とんでもない言葉が飛び出してきた。

「今の子って、何処でそういう言葉を覚えるの？　心配してくれるのは嬉しいけど、外で言わない方が良いよ。びっくりしちゃう」

「内緒。前に会った場所で渡してあげる。南側の、ほら海の近く。あのときは父さんと一緒だったけど、一人でもよく散歩に行っているから」

淫行は冗談で、物が形見だから、気を遣ってくれたのだろう。人目に触れる場所で受け取るのは、やはり少し勇気がいる。

湊は、凪の形見をひとつも持っていないから、なおのこと。

「は？　なに、いつのまに仲良くなったわけ」

休憩室に飛び込んできた吉野が、不思議そうに首を傾げた。

●○○●○○●

すべてが遠かった。

圧《お》しかかっていた男は、包丁を振りかぶるのに飽きたのだろう。

凶器を放り投げて、今度は人形のように、わたしの身体を揺さぶっていた。乱暴されている、と他人事のように思った。けれども、痛いとか、苦しいとか、もう何も感じることができないのだ。

血まみれの唇で、あなたの名を呼ぶ。

けれども、応《こた》えてくれるはずもなかった。

いつも振り向いてくれなかった人が、どうして、死に目だからと言って振り向いてくれる。海神に焦がれるあなたを呼んでも、最初から届かなかった。

――どうしたって、手に入らないのに。

他の女を恋しがって、他の女を愛する人に恋をしてしまった。

そっと目を閉じると、あなたの声がした。名を呼ばれたような気がした。きっと、それはわたしの願望だった。

●○○●○○●

書庫の中心に、血まみれの女性がいる。

顔立ちも表情も分からないが、湊には泣いているように見えた。生きている間も、死んでからも、振り向いてほしい、と願った夫は、いまも彼女を蔑ろにする。

「彼女は、何を願っているんですか？」

おそらく、すでに凪は答えに辿りついている。

「俺と同じこと」

温度のない指が、湊の手首に絡みついた。生白い肌は、蠟《ろう》を塗ったかのようで、ひとかけらの生気すら感じられない。

記憶の奥底で、病室の白いカーテンが揺れている。

湿り気を帯びた風が吹き込んで、セーラー服の裾《すそ》を揺らした。差し込む月明かりが、凪の美しい横顔を照らしたことを憶えている。

『一緒に死んでくれる？』

あの日の彼も、ひどく冷たい指をしていた。

その手を振り払って、彼を置き去りにしたのは、十年以上も昔のことだった。

「加島さんの死を、願っているんですか」

「そうだよ。だから、あの人はさまよい続ける。通り魔に殺されたとき、一緒に死んでほしかった。愛しているからこそ、夫を道連れにしたかったんだ」

「生きている間も、死んでからも、そんなに愛されていたのに。どうして、加島さんは奥さんを大事にしなかったんでしょうか？」

凪は首を傾げた。困ったものを見るような、そんな視線を向けられる。

「片想いが実らなかったとして、それは相手の責任になるの？」

「……いいえ。でも」

「報われなくても、好きでいることを選んだ。なら、どんな結果が待っていても、それは彼女が背負うべきものだ」

加島の妻に向けられているようで、その実、湊に向けられた言葉だと気づく。

「なら、わたしが凪くんを好きでいるのも自由です。一緒に幸せになりたいって思うのだって、わたしの勝手で」

「死んだ男が、どうやって生きている君と幸せになれるの？　大人になれなかった俺は、大人になった君に何も与えられないんだよ。俺に遺っているのは、もう湊への気持ちくらいだ」

湊はうつむく。これ以上、凪の顔を見ていられなかった。

また同じことを繰り返している。昔から、凪はそうだった。湊のことを傷つけながら、自分の方が傷ついたような顔をする。

心臓が握りつぶされたように痛かった。笑ってほしい。幸せであってほしい。そんな自己満足で、いつまでも凪を傷つけている。

「ばかだね。本気で、こんな死んだ男と生きるつもりだったの？　君を幸せにできるのは生きている男だ。お友だちごっこはやめて、あの男、捕まえておいたら？」

「遼斗さんは関係ありません」

「あるよ。俺から君を奪っていくとしたら、きっとあの男だ。ねえ、気づいている？　あの男の前だと、湊は俺の知らない湊になるんだ」

弾かれたように、湊は顔をあげた。

「……っ、違います！　凪くんの知らないわたしなんて、何処にもいません」

「いるんだよ、俺の知らない君が。その喋り方だって。そんな丁寧に喋るの、もう俺の前だけだろう？」

昔の湊は、家族も含めて、誰に対しても敬語を崩すことができなかった。子どもの頃から染みついた癖で、永遠に変わることはないと思っていた。

だが、実際は違った。いまの湊は、凪に対してだけ昔の口調に戻るのだ。まるで、彼が生きていた頃に合わせるように。

「何度も思い知るんだ。あの頃の、俺だけを愛してくれた湊はいないんだって」

湊は唇を噛んだ。いま声を出したら、ひどい言葉をぶつけてしまう。

誰に嗤《わら》われても、誰に謗られても、凪の隣で生きていたかった。だが、どうすれば、凪に信じてもらえるのか分からない。

「加島先生の奥さんのことは、心配しなくて良いよ。君の助けなんてなくても、俺は役目を果たせる。ずっと、そうしてきたんだから」

凪は庭へと出ていった。その背中を追いかけることができなかった。


翌日、湊は木枯総合病院に向かった。

祖母の病室を訪ねると、検診の時間のようで、ベッドに姿はなかった。仕方なくロビーでぼんやりしていたところ、缶コーヒーが差し出される。

「お見舞い？」

「……遼斗さん、お仕事は？」

珍しく、看護師の制服ではなかった。薄手のサマーニットにすっきりとしたズボンを合わせた爽《さわ》やかな装いは、遼斗によく似合っている。

「これから帰るところ。ひどい顔だな、また凪さんのこと？」

「よく分かったね」

「分かるよ。湊がそんな顔するのは、凪さんが関係しているときだけだから。話して楽になることなら聞くけれど」

冷たい缶コーヒーを両手で包みながら、湊はうつむく。

「わたし、凪くんのお葬式に参列していないんです。お葬式だけじゃない、形見分けだって行けなかった。きちんと弔《とむら》ってあげなかったんです」

当時の湊は、凪の死を受け入れることができなかった。身も心も傷ついて、凪が死んだという事実さえも忘れてしまった。

その後は、祖母の計らいで、県外にある全寮制の高校に通うことになり、そのまま十年ほど帰らなかった。

凪の死を忘れて、凪のいない世界で幸せに生きていた。

「俺さ、家の仕事、昔は大嫌いだったんだ。特に、お葬式なんて最悪だった」

「……そうなの？」

意外だった。遼斗の家は、冠婚葬祭を取り仕切る会社だ。看護師として働く彼が、家業の手伝いを続けるのは、家の仕事が好きで、誇りを持っているからだろう。

正直なところ、昔は嫌いだった、という言葉が信じられなかった。

「大切な人が死んだって明日は来るし、思い出は消えていく。お葬式をあげて、お金をかけて弔うことに、何の意味があるんだって。でもさ、遺された人間にとっては、すごく大事なものなんだよ。弔ってあげることで、きちんとお別れすることができる」

「お別れ？」

「そう。笑顔で、死んだ人の幸せを祈ってあげられる。湊はさ、ちゃんとお別れできなかったんだな」

思えば、ずっと見ないふりをしていた。置き去りにしてしまった十九歳の凪を弔うこともなく、死んでしまった凪のことばかり見つめていた。

「お別れって。今からでも、できるもの？」

「できるよ。遅いって怒られるかもしれないけれど」

凪の形見を迎えて、凪の死を本当の意味で受け入れよう。そうして、ようやく今の凪の幸せを祈ってあげられる。

亡霊となった凪と、一緒に生きていくことができる。

「ありがと」

「どういたしまして。これから、おばあ様のところ？」

「おばあちゃんは病室にいなかったので、また別の日に。今日は、用事のついでに寄っただけだから」

加島が持っているという、凪の形見。それを燿一郎が渡してくれるのが、今日の夕方のことだった。

「俺、あとは帰るだけだから。どこか行くなら車で送るけど」

「大丈夫。少し、人と会うだけなので」

遼斗と別れて、湊は約束している海端に向かった。

4.

南の海端には、あいかわらず人気《ひとけ》がなかった。もうすぐ日が沈むので、余計、退廃的な雰囲気が漂っている。

海端にいたのは、燿一郎だけではなかった。

「加島さん」

「ごめんね、お姉さん。父さんにバレちゃった」

申し訳なさそうに、燿一郎は両手を合わせた。

「遅くに出かけようとしたから、ついてきたんだよ。燿一郎に頼まなくても、ちゃんと用意したのに」

加島は小さな箱を渡してきた。校章の印字がされた蓋を開けば、一冊の本が入っていた。

「うちの図書館、毎年タイムカプセル企画をやっているだろう？　大人になった自分へ、好きな本を贈る。当時、凪くんも参加していたんだよ」

タイムカプセル企画は、埋めて終わりではない。当然、成人後に掘り返すところまでがセットだった。

「凪くんは、大人になれませんでした」

「そうだね。御実家に送ったけれど、引っ越したみたいで届かなかった。そういう子のタイムカプセルは、図書館で保管しているから」

「本当に、形見があったんですね」

本を手にした途端、湊は膝から崩れてしまう。表紙を撫ぜると、生きていた頃の凪の姿が思い浮かんで堪《たま》らなくなった。

一緒に死んであげることができなかった。独りきりで死なせてしまった十九歳の彼を、ようやく弔ってあげられる気がした。そうしなくては、死んだ凪と生きていくことなんて、できるはずもなかった。

「そんなに凪くんが大事なら、会いに行けば良かったのに」

直後、湊は地面に倒されていた。何が起きたのか分からず、ただ打ちつけた背中の痛みだけを感じていた。

仰向けに倒れた湊を押さえつけて、加島は苦笑いをする。

「海神の御許《みもと》に、凪くんは迎えられたんだよ」

加島の手には刃渡りの短い包丁がある。夕闇《ゆうやみ》のなか、その刀身は鈍い光を放っている。

「お姉さんも一緒になれば、きっと苦しくないよ。死んだ人のかけらを探す必要なんてない。だって、死んじゃえば、海神のところで凪さんに会えるんだから」

湊の顔を覗《のぞ》き込んで、燿一郎は天使のように笑う。父親の行動に驚くこともなく、何処か楽しげですらあった。

「お姉さんのことは、ちゃんと看取ってあげる。母さんのときは、俺も、父さんもできなかったから。ねえ」

燿一郎が同意を求めると、加島は頷いた。

「妻が殺された日。僕が見つけたときには、彼女はもう死んでいた。気づいたら、僕は妻を殺した男を刺していたんだ。簡単だったよ。彼は妻に乱暴することに夢中で、使っていた包丁も放っていたから」

妻を殺した包丁を使って、犯人を殺した、と加島は笑う。

湊の頭には、地方新聞の記事が浮かんでいた。先日、木枯神社では男性の遺体が見つかっていた。

「殺して、森に埋めたんですか？」

身元不明の遺体は、加島の妻を殺した犯人のものなのだ。

「そう。浅いところに埋めたから、あんな小さな土砂崩れで見つかってしまったね」

「……あの遺体が、奥さんを殺した通り魔なら。その後は？　だって、その後だって、通り魔は現れていたじゃないですか」

加島の妻を含めて、何人もの若い女性が犠牲になった。一連の事件は、すべて同一犯の仕業とされていた。

最初の犯人が死んだならば、その次に連なった死者は、いったい誰が殺したのか。

「あなたが、殺したんですね」

だから、加島の妻だけ、遺体の状態も殺された場所も違った。そもそも、他の被害者とは犯人が違ったのだ。

「妻の死体は、とても美しかったんだ。あのとき、僕は海神の姿を捉《とら》えた気がした。けれども、妻は傷ついて、血まみれで、どんな貌をしているのか分からなかったんだ」

「分からないものを探すためには、同じことをすれば良いんだよ。そうしたら、あのときの母さんの貌が分かるもの」

通り魔に殺された遺体のうち、加島の妻だけ、顔も身体も傷だらけだった。あとに続いた被害者たちの顔が無事だったことにこそ意味があったのだ。

彼女たちの遺体が、海へと晒されていたことも当然だ。

加島が恋焦がれ、探し求めていた女神は、海におわす神なのだから。

「櫻子さんも、あなたが」

吉野のことを想う。愛する人を亡くした少年は、加島の知己で、他の生徒よりも親しくしていた。今だって、加島は吉野のことを可愛《かわい》がっている。

何故《なぜ》、そんな惨い真似《まね》ができたのか。

「櫻子さんも、おとなしく外の大学に行けば良かったのにね。町に残らなければ、あんな風に吉野くんを傷つけなかった」

「違います。吉野くんが哀しんで、苦しんだのは、あなたのせいです。櫻子さんが町に残ったからじゃありません。二人は何も悪くない。悪いのはっ、……ぜんぶ壊したのは、あなたでしょう!?　よくも平気な顔で、吉野くんの前に」

「吉野くん、まだ若いから。櫻子さんの代わりなんて、いくらでもいるよ」

「死んだ人の代わりなんて、誰もなれません！　……っ、大切な人を喪《うしな》った傷は、一生治らない。どれだけ時間が流れても、忘れたままではいられないんです」

「経験談かな？　ねえ、凪くんは、本当に君を愛してくれたの？　死人に口はない。君は、死んだ男に自分の願望を重ねているだけなんじゃないかな」

湊を揺さぶろうと、加島は畳《たた》みかけた。

だが、湊は知っている。凪がどんな覚悟をもって、此の世に囚われたかを。あの人が海に還ることができないのは、湊のことを後悔したからだ。

優しいばかりの愛情ではない。思い出したように湊を試して、傷つけようとする男だ。湊のことを愛するのと同じくらい、憎み続けている。

だが、凪をそんな風にしてしまったのは、湊の罪でもあった。

「都合の良い夢で、何が悪いんですか？　わたしは凪くんと生きていきます」

生きていた頃と同じように、死んでしまった彼も愛している。

「君は、ここで死んでしまうのに？」

「死んだって、凪くんのところに帰ります」

後悔を抱えた死者は、海神の御許に還ることができず、海月館を訪れる。ならば、湊とて館を訪ねるだろう。

湊の後悔は、凪の姿かたちをしていると決まっている。

そっと目を閉じると、身体の震えは止まった。もう恐怖を感じることはなかった。

だが、いつまで経っても痛みは訪れなかった。

「湊！」

「……っ、遼斗、さん？」

「大丈夫か！　なんで、こんな」

　湊を抱き寄せて、遼斗は声を荒らげる。

「残念。邪魔が入ってしまったね」

　殴り飛ばされたのか、加島の頬は赤くなっていた。彼は幽鬼のように立ちあがって、じっと遼斗を見据《みす》える。

「さすがに、若い男の子の相手は荷が重いかな。このあたりが潮時なのか。長く逃げられた方だね、きっと」

　実に呆気《あっけ》なく、加島は包丁を捨てる。何の未練もないのか、湊たちに目を向けることすらしなかった。

「父さん。ねえっ、俺も……！」

　燿一郎が、すがるように加島を呼んだ。連れていって、と幼子がねだるように、彼は手を伸ばした。

「燿一郎。君が女の子だったら良かったのにね。そうしたら、きっとあの子にそっくりだった。僕は、こんなにたくさん殺さなくても良かったのに」

　途端、燿一郎は地面に崩れる。彼は小さな子どものように泣きじゃくった。

そんな息子を顧《かえり》みることなく、一人だけ納得して、加島は海へと歩いていく。自分自身で歩いているというより、まるで誰かに導かれるように。

湊の目には、血まみれの女性の姿が映っていた。

消波ブロックに立つ彼女は、幸せそうに微笑んで、夫を抱きしめた。その腕は、当然のように彼の身体をすり抜けて、そっと彼の心臓のあたりを摑む。

夢幻でも見ているかと思った。海月館の外で死者の姿が見えたのは、凪以外、初めてのことだったから。

二人は踊るようにして、海へと落ちていく。

遼斗の腕から飛び出して、湊は海端へと駆け寄った。あっという間に波に攫《さら》われていった加島は、夕闇を映した海に溶けてしまった。

海面には、ゆらゆらと浮かぶ女がひとり。

血まみれだった彼女の顔が、海水に濡《ぬ》れて露《あらわ》になる。不思議と、刃物で刺された傷までも癒《い》えていく。

どうして、気づくことができなかったのだろう。

燿一郎とそっくりの顔は、《根の国》という絵に出てきた女と同じだった。

加島が探し求めた女神が、そこにはいた。彼が恋焦がれ、思い続けた女神は、やがて妻と同じ貌になったのだ。

●○○●○○●

初夏の海は、想像していたよりも冷たかった。

加島は、子どもの頃、海で溺れたことを思い出す。

身体が少しずつ動かなくなって、死の足音が迫ってくる。真っ暗な海では、もがく気すら起きなかった。

けれども、息苦しさに反して、不思議と心は穏やかだった。

ふと、淡い光を見た。海の雪とよく似た、されどまったく異なるその光に照らされるのは、血まみれの手だった。

若く美しい女が、手を差し伸べていた。

その顔は、微笑んでいるようにも、悲しんでいるようにも――そして、怒っているようにも見えた。

ああ、ここにいたのか。ようやく迎えに来てくれたのか。

本来であれば、溺れた少年は、あのとき海神の御許に迎えられるはずだった。だから、それ以降の人生は、すべて蛇足《だそく》だったのだろう。

ようやく、女神の御許に逝《い》ける。

美しい女に手を伸ばしたところで、加島の意識は途絶えた。

5.

病院の中庭に爽やかな風が吹く。梅雨入り前にしては珍しく、抜けるような青空だ。

「良い天気だな」

ベンチでぼうっとしていると、頭上に影が落ちる。

「遼斗さん。お仕事は？」

看護師の制服姿ということは、まだ仕事中だろう。

「休憩。中庭って、小児病棟からよく見えるんだよ。湊は休みか？」

「半日だけ、ね。もともと一日休むつもりだったんだけど、人手が足りないので」

「ベテラン司書が抜けたら大変だろうな」

「この前、加島さんのご家族が捜索願を出したみたい。心当たりがないかって、図書館にも警察が来たの」

「そ。どうせ、何も言わなかったんだろ」

「遼斗さんも、警察には通報しなかったでしょう」

おそらく、遼斗は勘付いている。加島こそ、通り魔殺人事件の犯人であったことを。

けれども、それを証明できるものはない。

遼斗が知っているのは、海にひとりの男が飛びこんだ事実だけだ。

失踪《しっそう》あつかいされた加島は、いつしか法の下で鬼籍に入る。真実は海に葬《ほうむ》られ、明るみに出ることはない。

「いまなら、まだ遺体は見つかるかもしれない」

「遼斗さんは優しいから、墓荒らしなんてしないよ」

死者を弔う家に生まれた遼斗は、その眠りを妨げる真似はしない。加島は自ら望んで、あの海を死に場所に選んだのだ。

腕時計を見ると、思ったより時間が過ぎていた。出勤前に寄りたいところがあるので、もう病院を出なければならない。

「あの日、電話があったんだ」

立ちあがろうとした湊を引き留めて、遼斗はつぶやく。

「電話?」

「相手は知らない男だった。まだ若い、少年みたいな声だったよ。ご丁寧にGPS情報のついた地図まで送って、湊の居場所を教えてくれた。……なあ、教えてくれ。あれが凪さんなのか?」

GPS。思わず、苦笑が洩れてしまった。どうして、いつも湊の居場所が分かるのか不思議だったが、単純な話だった。

そんなものを湊のスマホに仕込んでいたなら、湊の動きは筒抜けだろう。

「遼斗さんは、幽霊を信じないよね」

「信じない。俺は、人を弔う家に生まれた。弔われた命が、その後もさまよっているなんて認めない。でも、なら、あの電話は? 凪さんは、本当に湊の傍にいるのか?」

「誰も信じてくれなくても、わたしだけは信じると決めたの」

「……湊は、昔からずっと凪さんのことばかりだな。ふつうに、生きてほしいんだ。当たり前みたいな顔して、ふつうに幸せになってほしい。そう思ってしまう俺は、間違っているのか?」

遼斗のまなざしは、湊の親友とよく似ていた。死んだ彼女も、同じように真っ直ぐな目をして、湊のことを心配してくれた。

「ううん。あなたは正しいの、いつも」

真っ当で、だからこそ胸が痛む。

湊は遼斗にお礼を言うと、病院を出て、木枯神社へと向かった。

ちょうど神社の石段をくだってきたのは、通学用のリュックを背負った燿一郎だった。

「こんにちは。今日から登校？」

「うん、今日の午後から。父さんのことで大変だったからね。あの日は、ありがと」

加島が海に飛び込んだとき、燿一郎は泣きじゃくって、ひどく取り乱した。だが、しばらくして、まるで糸が切れたかのように動かなくなった。

まだ中学一年生だ。本来であれば、父親を喪った男の子のことを、大人である湊たちがケアするべきだった。

「御礼なんて言わないで。何もしてあげられなかったから」

あの日は、燿一郎を家に送ることしかできなかった。

「ねえ。凪さんは、あれで満足してくれたかな？」

その名前に、湊は眉をひそめた。

「やっぱり、凪くんが関わっていたんですね」

思い返せば、あちらこちらに違和感があった。

たとえば、加島の妻の記憶を見たとき。

湊は夜の森で刺された、としか説明しなかった。あれだけの言葉で、どうして、加島の妻が殺された事件と結びつけたのか。

とっくの昔に、凪は彼女の記憶を見て、彼女の後悔を知っていたのだ。

「はじめに電話があったのは、春のことだったかな。遠田凪と名乗った男の人は、ぜんぶ知っていたよ。父さんが通り魔だったことも、俺が協力していたことも。お姉さんに目をつけていたこともバレていたみたい」

「死んだ人間からの電話を、信じたの？」

「死んだ人間だから、信じられたんだよ。死者の国から電話が来たなら、父さんは海神のところに行ける。……だから、あのとき父さんを殺してあげるつもりだった。ちゃんと準備もしていたんだよ」

あの日、遼斗の邪魔が入って、加島は海に飛び込んだ。

だが、そうでなかったとしたら、燿一郎が父親を殺したのだろう。

湊に気を取られていた加島は、後ろから息子に刺されても気づかなかったはずだ。彼の妻を殺した通り魔がそうであったように。

結局のところ、裏で糸を引いていたのは凪だ。

凪にとって大事なのは、死者の後悔を晴らすこと。海月館を訪れた彼女が、加島の死を望んでいたならば、そうなるよう導くだけなのだ。

「お母様の死に顔は、見つかった？」

茂みに隠れて、殺される母親を見つめていた男の子がいた。

彼女の死に顔を知りたかったのは、夫である加島だけではなかった。燿一郎とて、亡き母の面影を探していた
この男の子は、すべてを知ったうえで父親に協力した。加島が何人も殺すことができた理由には、この愛らしい少年が関わっていた。

通り魔は二人いた。この子に笑いかけられたら、警戒心など忘れてしまう。

「見つからなかった。でも、もう良いんだ。父さんが海に還ったなら、母さんは喜んでくれるもの。……本当、勝手な夫婦。いつも自分のことばっかりで、他人のことは平気で踏みつけるんだ。俺の名前の《燿》って、どんな字か教えたよね」

「かがやく、だよね」

「知っている？　加具土命《かぐつちのみこと》のカグって、かがやく、という意味もあるんだよ。母親を殺して黄泉の国──根の国へと渡らせたのが加具土命なら。逆に考えれば、加具土命を産めば根の国に渡れるの」

「そう。お母様は、海神になりたかったんだね」

この町の海神は、時に伊邪那美命《いざなみのみこと》と重ねられる。夫の愛する海神になるために、加島の妻は、自らを死に至らしめる子を産まなければならない。

我が子さえ、彼女にとって夫に振り向いてもらうための道具だった。

事実、その願いは叶った。彼女に死を齎《もたら》したのが通り魔であっても、そのきっかけとなったのは燿一郎だ。

産んだ子どもを庇った結果、彼女は黄泉路をくだった。

「でも、燿くんは加具土命《かぐつちのみこと》にはなれないよ。加島さんは、あなたを殺さなかった」

神話における伊邪那美命は、加具土命を産んだことで命を落とす。

そして、加具土命は、母親殺しの罪により、伊邪那美命の夫であった伊邪那岐命《いざなぎのみこと》に殺されるのだ。母親を殺して生まれた息子は、父親によって殺される必要がある。

燿一郎は声をあげて笑った。

目鼻立ちのはっきりとした顔は、加島とは似ていないが、彼の妻と瓜《うり》二つだった。

燿一郎が少女だったならば、生き写しとなった。

「男だったから、殺されなかっただけ。どうしたって母さんにはなれないから。……でもね、俺、ずっと殺されたようなものだったんだよ？　お姉さんは、死ぬってどういうことだと思う？」

「誰からも、忘れられてしまうこと」

「俺は、誰からも大切にされないことが、死ぬってことだと思う。俺は選ばれなかった。父さんからも、母さんからも。……あの人たちは、俺とは違う世界を生きていた。生きているのに、ずっと死んだ人の世界を見ていたんだよ。ある意味、この神社にはお似合いでしょう？」

木枯神社には、御神体と呼ぶべきものは納められていない。

この神社があるのは切り立った崖の縁で、その向こうには海神のおわす海がある。海の底で手招きする女神こそ、この神社が祀っているものだ。

神社の縁者だったという加島の妻も、子どものとき海で溺れた加島も、はじめから海神という存在に囚われた二人だった。

「これから、どうするの？」

「何も変わらないよ。お姉さんも変わらなかったでしょ？　大好きな人が死んでも、俺たちは生かされる。海神って、神様ってそういうもの。何もしてくれないで、ただ、そこに在《あ》るだけ」

燿一郎は天使のような顔で笑う。

神社の石段を登って、湊は海を眺めた。

今日も変わらず、青く澄《す》んでいる。誰が死んでも、世界は変わらない。それを残酷だと思うのは、湊の勝手な感傷だ。


図書館から帰宅すると、空は茜《あかね》色に染まっていた。

海月館の庭では、紫陽花《あじさい》が花開きはじめる。夕暮れの光に染まりゆく紫陽花は、本来の青を忘れて、まるで血に濡れたように赤い。

あれから、血まみれの女が海月館を訪れることはなかった。彼女は夫を連れて、海神の御許に旅立った。

「彼女は、満足したんでしょうか」

東屋《あずまや》でまどろんでいた凪が、気だるそうに顔をあげる。

「満足したよ。自分のものにできないなら、せめて殺したかった。自分以外の誰かと幸せになるくらいなら、地獄まで連れていきたかったんだから」

凪は微笑むが、その笑みの奥には傷ついたように揺れる瞳があった。加島の妻と、自分を重ね合わせて、堪らなくなったのかもしれない。

湊は思う。共感とは暴力なのだ、と。

誰かの想いに同調するほど、自分の心まで引きずられて、いつか千切れてしまう。

どれほどの死者の後悔に、凪は付き合ってきたのか。

こんな風に心をすり減らしながら、逃げることもできず、此の世に囚われている。誰かの死を悼んで、誰かの後悔に共感する度に傷つく。

「加島さんは、きっと海月館を訪れません。満足して死にました」

妻と似た女性を殺し続けたのは、通り魔に殺された妻の姿を再現するためだ。

皮肉なことに、彼の追い求めた海神は、殺された妻と同じ姿かたちとなった。血まみれの妻を美しいと感じたときから、彼のなかで海神と妻は同一視された。

海に沈んでいった加島は、自分だけの女神に会うことができたはずだ。何人も殺した男が迎えるには、あまりにも幸福な最期だった。

「同情できません。罪のない人たちが殺されました。燿くんのことだって、あんな風にしたくせに。一人だけ満足して、……っ、神様のもとに旅立つ。そんなの、おかしい」

「善人も悪人も、幸福な人も不幸な人も、死んでしまったら変わらない。等しく、海神の御許に還るべき命となる。海神は慈悲深くて、優しいものではないんだから」

クラゲには、骨も殻もなければ、脳も心臓も存在しない。

そんな生物の姿をした神に、慈悲など期待する方が愚かだった。

海神に意志はない。獲物を捕食するように人に死を齎して、繁殖活動の一種として命を生みだす。この町の女神は、生と死をめぐる仕組みでしかない。

「凪くん。わざと仕向けたでしょう？　彼女の願いが叶うように」

夫を道連れにすること、共に海へと沈むことが彼女の願いだった。そのために、加島は死ぬ必要があった。

「燿くんに殺させるつもりだったんですか？　父親ですよ」

加島が海に飛び込んだのは、結果論でしかない。あのまま湊が殺されていたら、凪に唆《そそのか》されたとおり、燿一郎は加島を殺した。

「その父親に付き合って、何人も見殺しにした。いまさら父親ひとり増えたからって、何も変わらないと思うけれど」

「凪くん！」

「忘れたの？　俺がここにいるのは、死者の後悔を紐解いて、海神のもとに導くため。生きている人間が、どんな目に遭っても知らないよ」

「それは、わたしも含めてですね。餌《えさ》にしたでしょう」

何処から仕組んでいたのか、恐ろしくて聞くこともできない。嘘つきな男は、素知らぬふりして、湊たちを掌の上で転がしていた。

「俺はね、君が生きていても、死んでいても良いんだ。死んだところで、君はこの館に帰ってくる。俺のことが後悔になって、海神の御許には行けない。……約束しただろう？ずっと一緒にいる、と。死んでからもずっと一緒だ」

冷たい手が、そっと湊の首筋を撫でる。湊の生も死も、すべて支配するように。

「なら、どうして遼斗さんに電話したんですか。見捨てたら良かったのに」

「……さあ、どうしてだろうね」

湊の額に口づけて、凪は微笑んだ。暗くて深い、海の底のような瞳には、いまにも泣きそうな顔をした湊が映っていた。

「凪くんは、昔から臆病《おくびょう》ですね。わたしのことを試さずにいられない」

生きていた頃と変わらない。傷つけても傍にいてくれること、罵《ののし》っても好きだと言ってくれること、それが彼にとっての愛情の確かめ方だ。

人当たりがよくて、誰にでも優しい少年だった。生来の病弱さに負けることなく、ひたむきで健気《けなげ》で、慈《いつく》しみ深い男の子だった。

彼の家族を含めて、誰もが、そう信じていたのだ。苦しんでいた凪を知っていたのは、きっと湊だけだった。

「良いですよ、何度試したって。死ぬまで、死んでからも付き合ってあげます」

恋や愛だけで語るには、この気持ちは歪《ゆが》んでいる。相手が死んでからも続く想いは、きっと妄執そのものだ。

湊だって、加島と変わらない。

生きながらにして、死者の世界を見つめている。

第四章

鏡うつしの獣たち

男女の双子は、心中した恋人たちの生まれ変わりだという。

それが真実だとしたら、前世の僕は、きっと君を骨の髄《ずい》まで愛して、骨の髄まで憎んだのだろう。

「美雨《みう》」

双子の妹は、僕とそっくりの顔で泣いた。口元の黒子《ほくろ》、短くびっしりとした睫毛《まつげ》、なだらかな額《ひたい》、何もかもが鏡にうつる自分そのものだ。

男と女。性別を違《たが》えながらも、僕たちは限りなくひとつだった。

病室のカーテンが揺れて、しっとりとした雨の匂いがした。六月の雨は降り止まず、雨音がヴェールとなって、外界から病室を隔離する。

僕と妹の二人きり、誰も知らない世界に置き去りにされたかのように。

ベッドから両手を伸ばせば、泣きじゃくる美雨が顔を寄せてきた。涙で濡《ぬ》れた頰《ほお》を包んであげると、冷たい掌《てのひら》に怯《おび》えるよう、彼女は肩を揺らす。

「君が死ねば良かったのにね」

美雨は悲鳴をあげて、小さな子どものように泣きわめく。その涙を見ても、ちっとも可《か》哀《わい》そうだと思わなかった。

本当に可哀そうなのは、泣きたかったのは僕の方だ。

「出来損ないのくせに。どうして、君が生きるの？」

「ごめんね。晴喜《はるき》……っ、ごめん、なさい」

晴喜。妹が僕の名を呼んだのは、物心ついてから初めてのことだ。

彼女はいつも、僕のことを兄さんと呼ぶ。僕の背中に隠れて、守られて当然のような顔で笑うのだ。

駆けっこをすれば転んで、勉強が分からないと首を振る。何もできない、何をしても上手《うま》くいかない可哀そうな妹だった。

そんな彼女だからこそ、僕は慈《いつく》しむことができた。

君は何もできなくても良かった。だって、僕が何でもできたから。

——美雨。僕の出来損ない。鏡うつしの失敗作。

僕の代わりに、君が死んでくれたら良かったのに。

1.

梅雨《つゆ》の夜、紫陽花《あじさい》の青が町を染める季節のことだった。

静まりかえった書庫に、ドアベルの音が響く。

「いらっしゃい」

凪《なぎ》の声に、長椅子《いす》でまどろんでいた湊《みなと》は目を覚ます。

玄関口に、木枯《こがらし》学園の制服を着た少年がいた。雨に濡れた彼は、病人のように青白い肌、血の気のない唇をしている。

奇妙な既視感があった。顔は似ていないが、どこか生前の凪を思わせる少年だ。

薄闇《うすやみ》に浮かぶ水槽が、淡い輝きを放っている。青白いクラゲたちが、手招きするように触手《しよくしゆ》を揺らした。

少年は水槽に近寄ると、そっと額を寄せた。

●○○●○○●

雲間から、燃えるような夕空が見えた。ぱらぱらと降る雨が、夕焼けの色に染まって、まるで妹の名前のように美しかった。

兄さん、という甘えた声が、頭のなかで反響する。

物心ついてから、彼女は僕を名前で呼ばない。自分こそ妹だと主張するように、僕の背中に隠れるのだ。

同じ日に生まれた双子なのに、僕が兄で、彼女は妹だった。

「美雨」

名前を呼ぶほど、胸が痛くて、息ができない。

病院に付き添うと言って聞かなかった妹は、僕の病状を知る度に、僕以上に傷ついた顔をした。子どものように泣きじゃくって、死なないで、とすがってくる。

本当に傷ついているのも、泣きたかったのも僕の方だった。

ずっと一緒にいた。僕たちは、鏡にうつしたように同じ存在だった。

何故《なぜ》、僕だけが病気になって、君は変わらず健やかに生きるのか。僕が死んだ後も、君は此《こ》の世界を生きていく。僕のいない場所で幸せに笑う。

そう思ったら、何もかも耐えられなくなった。君のことが、世界でいちばん愛《いと》しくて、いちばん憎らしかった。

「君が死ねば良かったのにね」

紫陽花に覆われた斜面に膝《ひざ》をつく。地面に指を突き入れると、連日の雨でぬかるんだ土は、素手でも簡単に掘り起こすことができた。

ピンク色をした紫陽花の根元を、制服を汚しながら掘る。

泥だらけの指は瘦《や》せ細って、もう自分のものと思えない。この命が、限られたものであることを思い知ってしまう。

ぽっかりと穴のあいた地面に、プラスチック製の箱を入れる。校章が印字されたその箱は、誰にも内緒で、図書館から持ち出したものだった。

「ごめんね、美雨」

紫陽花の下に、すべて埋めてしまおう。

雨の似合うこの花は、妹にとても似合うから。あの子への気持ちをぜんぶ、ここに埋めて、なかったことにしたい。

そうしたら、死にゆく自分を、受け入れることができるだろうか。

●○○●○○●

雨の匂いがした。それは過去の記憶か、それとも現在のものか。

「どうして、僕が死ななくてはいけなかったの？」

少年は恨み言を囁《ささや》く。だが、言葉とは裏腹に、その表情は穏やかなものだった。微笑《ほほえ》んだ彼は、瞬《まばた》きのうちに空気に融《と》けてしまう。

「病死だね。あれは病んだ人間の貌《かお》だ」

長椅子で膝を抱えて、凪は自嘲《じちょう》する。さきほどの少年に、生きていた頃の自分を重ねたのだろう。

既視感があって当然だ。少年が此の世を去った理由は、ひどく凪と似ていた。

「病気で亡くなったのなら、亡くなった理由は病気ですよね？」

「べつに、あの子は自分の死因を探しているわけじゃない。あれは運命を呪っているんだよ。どうして、死ぬのが自分であったのか、と」

「自分が死んだことが、納得できない？　自分の死を受け入れることができないのは、何か後悔があるから」

雨あがりの空の下、少年はピンク色の紫陽花の根元を掘った。その下に何かを埋めて、双子の妹――ミウ、という少女に謝っていた。

「勇魚《いさな》、起きている？」

凪はタブレット端末を起動させて、通信用のアプリを開く。クジラのアイコンが震えること数分、ようやく眠たげな男の声がした。

『夜中に電話かけてくるなって言っただろ。殺すぞ』

「残念、もう死んでいるよ」

笑えない冗談に、画面の向こうから舌打ちがする。

『口が減らねえ亡霊だな。生きているときの優等生面《づら》はどうしたんだよ』

「ミウ、という女の子について教えてほしいんだ」

凪は、木枯町の出生情報、死亡記録、事件等を蓄積したデータベースを持っている。町に纏《まつ》わる様々な情報を取り込み、紐《ひも》づけさせていくそれは、凪の友人である勇魚が作っているものだ。情報の登録から管理、その他のサポート含め、すべて遠隔地にいる勇魚の権限のもとで行われており、日に日に規模を拡大していた。

多額の報酬と引き換えに、データベースの作成と管理を丸投げしているのだ。

『ミウ？　んな、珍しくもない名前じゃ、特定できねえよ。馬鹿《ばか》か。他にもなんか情報よこせ』

「双子のお兄さんがいるの」

『ああ？　てめーには聞いてねえんですけど、湊ちゃん』

湊は苦笑いした。声だけで柄の悪さが伝わってくる。生前の凪と友人だったことが、いまだに信じられなかった。

しばらくして、画面上にふたつの名が表示される。

『男女の双子で絞ると、該当者《がいとう》はいるな。大路美雨《おおじみう》、晴喜《はるき》』

生年月日からして、湊よりいくつか年下だ。社会人になって二、三年目といったところか。

『妹の方はぜんぜん引っかからねえけど、兄は地方新聞とかにしょっちゅう載ってるな。天才少年なんて持ち上げまくり。運動部でもねえのに陸上の県大会で入賞したり、全国模試でアホみてえに良い順位とったり』

提示された新聞記事には、礼儀正しそうな少年が写っていた。一目見ただけで品行方正、文武両道、そんな言葉が脳裏に浮かぶ。

「ああ。俺たちの後輩だったんだね」

新聞記事には、木枯学園の名前が添えられている。

『享年《きょうねん》十八。病死だと。卒業できねえまま死んだらしいぜ、誰かさんみたいに』

「妹は生きているの？」

『死亡の記録は出てこねえから、生きているんじゃねえの？　いまも町にいるとは限らねえけど』

「町の外にいても、この時期くらいは戻ってくるかもね。もうすぐ慰霊祭だ」

六月の木枯町では、《慰霊祭》と呼ばれる祭事が行われる。

紫陽花の咲く時節に、人々は海神《わだつみ》に祈る。海に攫《さら》われた人々、ひいては町で亡くなったすべての御霊《みたま》が海神の御許《みもと》に還《かえ》ることを。

『墓参りのために、帰ってくるって?』

慰霊祭の日、木枯町の寺という寺は人で溢《あふ》れかえる。この町では、盆や彼岸《ひがん》の時期よりも、その日に墓を訪れる人たちが多い。

「勇魚だって、そうだろう?」

『俺は帰んねえよ。凪のとこみたいな、お優しい家族じゃねえから。もう寝るから、用があるなら明日にしろよ』

勇魚は一方的に通信を切った。凪が何度か通信を試みるが、クジラのアイコンが応答することはなかった。

「あの子、大路晴喜さん、というんですね」

君が死ねば良かった。そんな風に妹を呪った少年は、何を後悔しているのか。


木枯総合病院は、いつもより閑散《かんさん》としていた。もうすぐ慰霊祭なので、一時帰宅している入院患者が多いのだ。

四人部屋である祖母の病室も、彼女しか残っていなかった。

「お花、どうしたの？」

病室の花瓶《かびん》には、可憐《かれん》な花々が飾られていた。色とりどりの花が、白い病室を鮮やかに染めている。

「湊ちゃんが来る前に、満《みつる》が持ってきてくれたのよ」

「……良かった、鉢合わせにならなくて」

遠田《とおだ》満は、凪の歳《とし》の離れた兄だ。いまは木枯町の外で暮らしているが、病気の祖母を気にかけて、世話を焼いてくれた人である。

そして、凪が生きていた頃も、死んでからも、湊のことを目の敵《かたき》にしている男だ。凪を独り占めしていた湊は、彼の家族からは疎《うと》まれていた。

「墓参りのついでに寄ってくれたみたいね。慰霊祭には、仕事で来れないからって」

誰の墓参りなのか確認する必要はない。町を出ている満は、死んだ弟――凪に会うために、わざわざ故郷に戻ってくる。

親類であっても、遠田の家業を知るのは、ごく一部だ。満は、海月館《くらげかん》に弟の亡霊がいることを知らない。彼のなかでは、弟は十九歳で死んだきりだった。

「わたしも、お墓参りの準備しないと。おばあちゃん、ママたちに何か伝言ある？」

「ないわ。近いうちに、私も一緒のお墓に入るから」

「冗談でも、そんなこと言わないで」

祖母の病状は刻一刻と悪くなっている。快復する見込みは少なく、医師からも覚悟を決めるよう言われていた。

だが、あらためて祖母の口から聞きたくなかった。

「もう思い残すことはないのよ、いつ死んでも構わない。私の魂は、ひとつの後悔もなく、海神のもとに迎えられるでしょう」

「わたしのことは？」

「湊ちゃんが木枯町に戻ってきた頃なら、心配で堪《たま》らなかったわ。でも、もう良いの。あなたは凪を追いかけない。凪を追って死んだりしないでしょう？」

湊はうつむいて、掌に爪《つめ》が食い込むほど強く、拳《こぶし》を握った。

どんな言葉も返すことができなかった。どうしたって凪を優先してしまう湊には、祖母を引き留める資格はない。

「遠田さん、もうすぐ面会時間が終わりますので」

病室の外から、若い看護師の声がした。

「もうそんな時間？　ごめんなさいね、大路さん」

顔を出したのは、少女めいた印象を受ける看護師だった。

遼斗《りょうと》は祖母のいる病棟から異動になったので、後任の看護師だろう。顔を合わせるのは初めてだが、強烈な既視感に襲われた。

「お孫さんとは初めましてですね。大路美雨っていいます」

彼女は、まるで鏡にうつしたように、海月館を訪れた少年と同じ顔をしていた。

2.

湊が仕事から帰ると、書庫には誰もいなかった。

クラゲの水槽を覗《のぞ》き込めば、今日は襤褸《ぼろ》クズのような何かが浮かんでいた。とうていクラゲとは思えない姿だが、彼らもクラゲの一種である。

「おかえり。今日は遅かったね」

書庫からリビングにあがると、併設のキッチンから声がする。

黒いエプロンをかけた凪が、冷蔵庫に貼ったホワイトボードを確認していた。食料の備蓄が事細かに記されており、凪の几帳面《きちょうめん》さが表れている。

「ただいま。ご飯、準備しているところですか？」

「うん。できたら呼ぶから、部屋で休んでいても良いよ」

「お手伝いしても良いですか？　たまには一緒に作って、一緒に食べたいです」

基本的にキッチンは凪の城で、湊は立入禁止だ。

料理に限った話ではなく、凪は湊に家事をさせることを嫌がる。手伝いは認めても、あくまで自分が主体となって行うことにこだわる。

おそらく、生前の感覚を引きずっているのだ。彼にとっての湊は、恋人であると同時に、面倒を見るべき年下のハトコでもあった。

「俺も一緒に食べるの？」

海月館の食事は、いつも湊の分だけ用意される。

死者である凪は、食事や睡眠を必要としない。それらを怠《おこた》ったところで、すでに死んでいる人間が、もう一度死ぬことはできない。

「凪くんには必要ないの、分かっています。でも、食べることも、寝ることも、他のことも大事してほしい。そういうの忘れてほしくないんです」

人間らしい生活を捨てたとき、いま以上に、凪は孤独になる気がした。

二人並んでキッチンに立つ。玉ねぎをみじん切りしながら、湊は子どもの頃のことを思い出した。

当時、何をするにも凪と一緒だった。

仕事で家を空けている祖母に代わって、海月館で付き添ってくれたのは凪だ。同居している祖母より、別々の家で暮らしていたハトコとの記憶の方が多い。

「包丁、上手になったね。あんなに危なっかしかったのに」

「菜々《なな》が教えてくれたんですよ」

東京で会社員をしていたとき、同僚であり親友でもあった女性と暮らしていた。数年前に亡くなった彼女は、木枯町の出身であり、遼斗の従姉《いとこ》にあたる。

「三上《みかみ》菜々の墓、今年も行くの？」

「慰霊祭の日に。菜々にも、ママにも、……凪くんにも会いに行きますよ」

「ああ。今年の慰霊祭は、一緒に墓参りをする約束だったね」

「それ、忘れているのかと思っていました」

墓参りの話をした覚えはある。だが、あれから話題になることもなかったので、流れてしまったと思っていた。

「忘れてないよ。潮《うしお》さんは、今年も難しいかな？」

「おばあちゃんは、お医者さんの許可が下りないと思います。……あのね、今日、御見舞いに行ったとき聞いたんですけど。満さん、病院まで来てくださったみたいです」

「兄さん？　木枯町に戻っていたんだね」

「凪くんの墓参りですよ、慰霊祭の当日は来れないからって。ねえ、何も言わなくて良いんですか？　凪くんの家族は生きているのに」

湊の母は、湊が小さい頃に自殺している。父に至っては、生まれる前に亡くなった。育ててくれた祖母とも、無条件に甘えることができる関係ではない。

だが、凪は違う。心から彼を愛し、死後もずっと気にかけている家族がいる。

「良いんだよ。兄さんも、父さんも母さんも。俺のことなんて忘れて、自分たちのことだけ考えてほしい。俺が、まだ此の世にいるなんて知ったら、優しいあの人たちを傷つけてしまう」

家族のことを語るとき、凪は優しい顔をする。忘れてほしいなんて言いながらも、いまも気にかけてくれることを喜んでいる。

ふとした瞬間、湊は思い出して胸が苦しくなる。

この人が、絵に描いたように幸福な家庭に生まれたことを、いまも家族から愛されていることを。

「……お見舞いのとき、新しい看護師さんと顔を合わせたんです。遼斗さんが小児病棟に異動になったから、入れ替わりにやってきた人。大路美雨さん、というそうです」

海月館を訪れた男の子を思い浮かべたのか、凪は苦い顔をする。

「潮さんの看護師が、あの子の妹？　そんな近くにいたんだね」

「間違いないと思います。美雨さん、本当に大路晴喜さんと似ていましたから。あんまりにも、出来過ぎている気はしますけれど」

海月館を訪れた人の後悔を探るとき、不思議なほど彼らの縁者と引き合う。偶然とは思えぬほど、何もかもが噛《か》み合っていくのだ。

「考えたって仕方ないことは、ぜんぶ海神の導きってことにしておけば？　今日は珍しく、書庫の水槽には何もいなかったけれど」

「いましたよ、ちゃんと」

「……？　ゴミしか浮かんでいなかったけれど」

今日のクラゲは、たしかにクラゲと思えない姿かたちをしている。

「そのゴミが、クラゲなんです。ケムシクラゲ。管クラゲとか群体クラゲとか呼ばれる種類のやつです。ひとつの個体に見えるけれども、たくさんの命が繋《つな》がって、ひとつに見えているだけ」

「兄弟がくっついている感じかな？」

「正確には、クローンだったと思います。まったく同じ個体が連なっているんですよ」

「そう。なら、双子が一番近いのかな。彼らみたいな」

「男女の双子なのに、びっくりするくらい似ていましたからね」

晴喜と美雨は、限りなく同じ存在に思えた。男女の違いをはじめとして、明らかに異なる部分があるのに、鏡にうつしたようにそっくりなのだ。

「男女の双子に纏わる俗信、知っている?」

「心中した恋人たちの生まれ変わりですよね。来世でも会おうなんて、哀《かな》しいけれどロマンチックで……」

鍋を火にかけながら、凪は深々と溜息《ためいき》をつく。

「ばかだね。来世で結ばれるよう願って、死んでしまうほど愛した相手だ。なのに、決して結ばれない立場に生まれ変わるんだよ。罰《ばつ》だよ、そんなの」

湊は眉をひそめた。罰とは、えてして罪に対して与えられるものだ。

「心中が罪なんですか?」

「そうだよ。決して、許されない罪だった。この俗信がまかり通っていた頃は、特にね。だから、男女の双子は罪人の生まれ変わり」

「それは、木枯町でも?」

ひと昔まで、木枯町で双子は忌避された。多胎児は獣の胎《はら》から生まれてきた証《あかし》とされ、人ではない命なら、それは海神から生まれたものではなかった。

同じように、男女の双子に纏わる俗信も信じられていたのだろう。

湊の心に、黒い染みが広がっていく。男女の双子が心中した恋人たちの生まれ変わりならば、湊と凪にもあり得た未来だった。

死の間際、凪は心中を持ちかけた。一緒に死んで、と願った少年の声が、いまも頭の奥で反響している。

骨だけになった凪は、紫陽花がたくさん咲く墓地に眠っている。


気づけば、湊は仕事終わりに寺院まで足を運んでいた。

町で一番大きな寺に、遠田家の墓はある。海月館からは遠いが、同じように高台に位置している。

視界一面に紫陽花が咲き乱れて、寺を青く染めている。降りしきる雨のなか、花弁がしっとりと濡れて、まるで紫陽花が泣いているかのようだった。

ふと、墓地へと続く石段から、参拝客が下りてくる。踝《くるぶし》まで隠す黒いスカートにブラウスを合わせた女性は、まだ年若く、体つきも何処《どこ》か少女めいている。

「美雨さん？」

水玉柄の傘を差した女性は、先日、病院で会った看護師だ。

「遠田さんの、お孫さん。えと、湊さん？」

「憶《おぼ》えていてくれたんですね。お墓参りですか？」

「ううん。ご近所だから、散歩のついでに毎日来ているだけ。この季節だと、ピンクの紫陽花が綺麗《きれい》でね」

そこまで言って、美雨は申し訳なさそうにうつむく。

「……その、敬語、あんまり得意じゃなくて。職場の外だと、つい。気を悪くしたら、ごめんなさい」

「気にしないでください。話しやすいようにどうぞ」

少し甘えたような喋《しゃべ》り方が、彼女の素なのだろう。どこか幼く、守ってあげたくなるような雰囲気があった。

「湊さんは、お墓参り？」

「はい。でも、ちゃんとしたお墓参りは慰霊祭のときにでも。今日は、お花も持ってきていないので」

「誰が、ここに眠っているの？」

「いろんな人です。両親、親友。……大好きだった人も」

時折、墓地を訪れたくなることがあった。

この場所には、湊の愛した人たちが眠っている。此の世に湊を置き去りにして、彼らは海神の御許に旅立った。

ただ一人、海月館に囚《とら》われた凪を除いて。

「そっか。わたしもね、兄さんを亡くしているの。双子で、高校生のとき病気で死んじゃった。……海神って、すごく理不尽だよね。兄さんは凄《すご》い人だった。簡単に死んだりしちゃいけない人だったのに」

自分に言い聞かせるように、美雨はつぶやく。びっしりとした睫毛に縁どられた瞳は、ここではない何処かに向けられている。

「君が死ねば良かったのにね」

美雨は微笑んで、兄さんの最期《さいご》の言葉、と続けた。

「わたしも、そう思うの。兄さんじゃなくて、わたしが死ねば良かったたって。何でもできた兄さんじゃなくて、何もできなかったわたしが死ねば、きっとぜんぶ上手くいったの。誰も不幸にならなかった」

それは違う、と言えなかった。下手な慰《なぐさ》めは、鋭い刃《やいば》となって彼女を傷つける。

「どうして、わたしに話してくれたんですか？」

出逢《であ》ったばかりで、身内の死について語らうような深い仲ではない。

「わたし、ずっと前から湊さんのこと知っていたんだよ」

「もしかして、遼斗さんから何か聞きました？」

遼斗から、美雨の話を聞いたことがあった。当時は美雨の名を知らなかったが、後輩について、良い子、と彼は話してくれた。

同じように、遼斗から湊のことを教えられたのかもしれない。

「三上先輩じゃないよ。いろんな人から聞いたの。湊さんは、死ぬほど好きだった人を亡くしたことがあるんだよね？」

「……同僚さんから、聞いたんですね」

木枯総合病院の職員は、院内異動はあっても、他の病院に移ることは少ない。生前の凪は入退院を繰り返しており、職員の間でも有名だった。

あの病院には、生きていた頃の凪と面識のあった者がいる。凪が死んだとき、湊が入水《じゅすい》自殺を図ったことさえ、知っている者は知っていた。

「ごめんなさい。でも、教えてほしかったの。そんなに好きだった人を亡くしたのに、どうして普通に生きていけるの？　いまの湊さん、幸せそうだって、みんな言うの。元気になって良かった、って言うんだよ」

　否定はしない。かつて吉野《よしの》に言われたとおり、いまの湊は、いつもヘラヘラ笑っている幸せそうな女に見えるだろう。

「わたしね、兄さんが死んでから、ずっと変なの。嬉《うれ》しいとか悲しいとか、好きとか嫌いとか、ぜんぶ分からなくなっちゃった。自分の心が、自分の形が分からないの。ぜんぶ溶けちゃったみたいに」

　ガラス一枚隔《へだ》てたように、世界のすべてが遠ざかる。大切なものを失《な》くしたことで、ありとあらゆるものに価値を見出《みいだ》せなくなって、生きている実感が消えてしまう。

　そんな感覚を、湊もよく知っている。

　水玉柄の傘が揺れる。美雨の顔は、迷子になった幼い少女のようだった。

　彼女の心は、双子の兄が死んだときから止まっている。少しも成長することができず、少女のまま大人になった。

　まるで、兄が死んだとき、自《みずか》らも死んでしまったかのように。

●○○●○○●

海月館の書庫に、凪の姿はなかった。

庭にいるか、それとも二階のベランダで煙草《たばこ》でも吸っているのか。彼がここにいないということは、今宵《こよい》、客人は訪れないのだ。

湊は長椅子に移動して、タブレット端末を起動させる。

「勇魚くん、こんばんは」

『お前ら、二人そろって本当クズだな。夜に話しかけるなって言ってんだろうが』

通信アプリのクジラのアイコンを揺すると、不機嫌そうな声が返ってきた。

「晴喜さんの情報、見せてくれる？」

『人の話、聞いてんのか？』

文句を垂れながらも、勇魚は大路晴喜のプロフィールを提示する。こんなに早く教えてくれるのは、湊よりも先に、凪に見せていたからだろう。

勇魚という人は、凪の望みを叶えることに心血を注いでいる。本人は否定するが、かなり凪に入れ込んでいる男だった。

「図書委員だったんだね。晴喜さん」

『そ。俺たちと一緒。本当に後輩くんだったわけ』

「……え、勇魚くんも図書委員だったの？　似合わない」

『うるせえ、じゃんけんで負けたんだよ。毎週のように当番あるし、おかしな企画には付き合わされるし、まじで怠《だる》かったわ。なんだよ、あれ、今でも憶えてんぞ。しょうもねえタイムカプセル企画』

「もう。今年もやるから、しょうもない、なんて言わないで」

学校図書館では、毎年タイムカプセル企画を行っている。大人になった自分へ、一冊の本を贈るものだ。

『そうだった、この時期だったよなあ。埋めるとき雨が降っていると、泥だらけになって最悪なんだよ。凪も具合悪くなっていたし。梅雨時期にあんな企画するなよ、ばかじゃねえの』

「勇魚くんもタイムカプセル埋めたんだね」

『掘り出すとき参加してねえけどな。実家の住所も変わっているから郵便は届かねえし、俺は町にも住んでねえし、廃棄されたんじゃねえの』

「凪くんのタイムカプセルが残っていたくらいだから、勇魚くんのも図書館に保管されていると思うよ。送ってあげようか？」

『要らねえよ。あと、湊ちゃんにだけは、俺の住所とか教えたくない』

クジラのアイコンが不機嫌そうに頬を膨らませる。アイコンは可愛《かわい》いが、画面の向こうにいる男は仏頂面だろう。

　勇魚と会ったことはないが、それくらいなら想像がつく。

「ずっと気になっていたんだけど。勇魚くんって、本当に勇魚くん？」

　勇魚とは、クジラの古い呼び方だ。人名としては珍しく、同じ名前の人に出逢ったことはない。

『あ？　違うに決まってんだろ。アイコンがクジラだったから、凪が勝手にそう呼びはじめたんだよ。本名は山田太郎《やまだたろう》』

「嘘《うそ》つき」

『湊ちゃんに教える名前はねえから。だいたい、俺が誰なのか知って、どうするわけ？』

「わたし、凪くんのお友だちって知らなかったの。だから、勇魚くんのこと聞いて、びっくりして」

　勇魚の仕事は、凪の役目にとって重要なものだ。そんな仕事を任せるほど信頼できる友人が、生前の凪にいたことを知らなかった。

『あのさあ、そうやってマウント取るのうぜえから止めろよ。知らなくて当然って、言えば満足なわけ？　そりゃそうだろ。凪の奴、学校以外の時間、ぜんぶ湊ちゃんのために使っていたんだから。そんだけ尽くしてもらって、何が不満なわけ』

「不満なんてないよ。でも、知りたい、と思うの。知らなくちゃいけない」

『は？　今さら遅《おせ》えよ。凪は死んだ、それが全部だよ』

クジラのアイコンが震えて、通話が切れてしまった。もう一度アイコンをタップしても、勇魚は応《こた》えなかった。

窓を開けると、月明かりが紫陽花の庭を照らしていた。

東屋《あずまや》のベンチに凪を見つけて、湊は庭へと向かった。

煙草を吸っている彼の隣に座る。もたれかかるように、彼の肩に頭を預けるが、拒まれることはなかった。

「寄り道はどうだった？」

湊のスマホにあるGPSは、凪によって把握されている。仕事帰りに寺に寄ったことも筒抜けだった。

「君が死ねば良かったのにね。――晴喜さんが、美雨さんに遺《のこ》した言葉だそうです。晴喜さんは、美雨さんを憎んでいる。殺したいと思っているんでしょうか」

「本当に殺したいなら、死ぬとき道連れにしているよ。相手の意思なんて関係なく、無理心中でも図れば良い。それこそ、彼らの前世がそうだったように」

男女の双子は、心中した恋人の生まれ変わりだという。

「凪くんは、心中は罪だって言いましたけれど。あれは来世を誓う約束ですよね」

「は？」

「心中したら、来世でも一緒にいられる。恋人にはなれなくても、誰よりも近くにいられる。必ず、また出逢うことができます」

　生まれ変わったとき、二人は時代も年齢も異なるかもしれない。来世で巡り合うことのできる確率など、ほとんど零《ゼロ》に等しい。

　どんな代償を払っても、どのような関係になったとしても、来世で巡り合いたい。そのための約束が心中なのだ。

「そんな発想が出てくるのが怖いよ」

　携帯灰皿に煙草を押しつけて、凪は苦い顔をした。

3.

　商店街の一角にあるカフェは、数年前、古民家を改装してオープンした。遼斗と会うときよく利用している店で、休日が重なると食事に来ることも多い。

「大路のこと？　そういえば、大路も湊のこと話していたな」

食後のコーヒーを片手に、遼斗は首を傾《かし》げる。

「後輩だよね。どんな子？」

「良い子。ただ、ちょっと自己評価が低いかな。真面目《まじめ》で仕事もできるから、みんなあの子を褒めるのに、申し訳なさそうにするんだ。自分なんか褒められる価値がないって」

「たぶん、彼女が認めてほしい人は、もういないから。双子のお兄さん」

誰に称賛されようとも、本当に褒めてほしい人でないならば、美雨にとって無価値だ。周囲の人間からすれば堪ったものではないが、彼女を責めることはできなかった。

彼女の心は、兄が死んだときのまま止まっている。

「晴喜くんのこと知っていたんだな。……今でも憶えているよ。俺が新人だった頃、ちょうど入院していたんだ。毎日のように見舞いの子が来て、いつも病室が賑やかで。あんなに誰からも慕われる子、他に知らない」

「美雨さんとも、そのときから？」

「そ。まさか、うちの病院の看護師になるとは思わなかった。つらい記憶が多いなら、町から逃げたって、誰も責めやしないのに」

「きっと、晴喜さんに責められる、と思ったの」

「そういうの、生きている人間の思い込みだけどな。死んだ人は喋らない。その人が何を想っていたかなんて、その人にしか分からない。俺たちは死者の気持ちを勝手に想像して、勝手に傷ついて、勝手に自分を慰める」

遼斗の心には、亡くなった従姉が浮かんでいるのだろう。三上菜々。湊の親友でもあった女性を助けなかったことを、ずっと遼斗は後悔している。

「遼斗さんが、わたしに優しくしてくれるの。菜々のためだもんね」

菜々は、湊のことを家族のように大事にしてくれた。だから、菜々が死んだ今、その代わりのように、遼斗は親愛の情を向けてくれる。

「俺のためでもあるよ。湊に優しくすることで、菜々に許された気になっている。だから、大路のこと心配なんだ。俺と違って、あの子は折り合いをつけられない。いつか潰《つぶ》れてしまう」

——君が死ねば良かったのにね。

死にゆく兄の言葉が、呪いのように美雨の心を縛っている。

「あとで大路の連絡先を送るよ。よかったら、仲良くしてやって」

「わたしが、興味本位で美雨さんのこと探っていると思わないの?」

「思わないし、そうだったとしても、お互い様だろ。大路、湊のこと気にしていたみたいで、昔からいる職員に凪さんのことまで聞いていたから」

「知っている。この前、お寺で美雨さんと会ったの。散歩のついでに、毎日お寺まで行っているみたい。晴喜さんに、会いに行っているのかな」

「墓参りは、たぶん違うだろ。晴喜くん、お墓は町の外にあるんだ。遺骨は、たしか御両親のどちらかが連れていったから」

湊は納得する。たしかに、彼女は兄を亡くしたとは言ったが、あの寺で眠っているとは言わなかった。

晴喜が眠っていないならば、どうして美雨は寺を訪れるのか。

●○○●○○●

寺の石段で雨が弾《はじ》ける音が、ひどく不愉快だった。

梅雨入りを迎えた六月となれば、晴れ間の方が少ない。日が暮れるには早いが、分厚い雲のせいか、あたりは薄暗かった。

石段の先で、セーラー服のスカートが揺れる。双子の妹は、石段の脇に広がった斜面、それらを覆い尽くす紫陽花の群れを眺めていた。

「美雨。こんな雨の日に出かけるなんて、風邪引いても知らないよ。御守りなんて、もっと天気の良い日に買えば？　近所なんだから」

振り返った彼女は、小さな子どものように首を傾げた。学業成就の御守りを買う、なんて急に言い出して、僕まで巻き込むのだから堪らない。

「雨だから出かけるんでしょ？　部活も休みだし、遊んでも良い日」

別々の高校に進学したので、詳しいことは知らないが、彼女は陸上部に所属にしているはずだ。尤《もっと》も、雨の日に練習がなくなるくらい緩い活動で、大会にも出ていない。半ば帰宅部のようなものらしい。

「次のテスト、また赤点取るつもり？　母さん怒るよ」

「なら、兄さんが勉強教えてよ。いつも褒められている兄さんと違って、わたしなんか怒られてばっかり。可哀そうだと思わない？」

美雨は唇を尖《とが》らせた。この様子だと、次のテストの結果も知れている。

――僕たちは、本当に双子なのだろうか。

二卵性でありながら瓜《うり》二つの顔、生まれたときから今に至るまでの写真の数々、母子《ぼし》手帳をはじめとした記録、何を探っても双子の兄妹《きょうだい》でしかない。

だが、僕と比べると、美雨にはできないことが多すぎる。

だから、僕はいつも彼女の気持ちが分からない。僕が躓《つまず》くことのない小石で転んで、小鳥のようにぴいぴい鳴く妹は、とても同じ胎《はら》から生まれたと思えなかった。

勉強で困ったことなどない。運動だって人並み以上にできる。同じ血が流れていながら、どうして妹はそんな簡単なことができないのか分からない。

「紫陽花いっぱい。綺麗だね、今年も」

「毎年変わらないよ、こんなの」

妹の言う綺麗なんて感想も、どうせ僕には分からない。

寺のあちこちに植えられた、おびただしいほどの紫陽花。

小さな頃から飽きるほど見ている花に、今さら美しさを感じることもない。むしろ、目に痛いほどの青が毒々しく、不気味にすら感じた。

昔、青は海の色、神様の色、と妹は言った。だからこそ、僕は恐ろしかった。木枯町の神様は、死者の世界の神様でもある。

「ねえ、写真撮っても良い？　母さんたちにも見せてあげたいな」

「勝手にすれば」

「勝手にして良いの？　兄さんも一緒に写るのに」

片手でスマートフォンを掲げた妹は、自分と僕を写そうとする。

「はあ？　一人で撮りなよ。同じ顔しているんだから……」

嫌がる僕のことなんて気にしないで、美雨はシャッターを切った。

「消して」

「もう母さんたちに送っちゃった」

「……帰る。寺まで行きたいなら一人で行って」

踵《きびす》を返して、僕は石段をくだりはじめる。

「待って！　兄さんが帰るなら帰る！」

美雨は石段を駆け下りて、僕を追い越していく。

パステル色の水玉を散らした、妹の傘が揺れた。

御守りを買うという目的を放り投げて、美雨は鼻歌を歌いはじめる。僕の知らない曲は、彼女の通っている隣町の高校では流行《はや》っているのかもしれない。

あまり好きなメロディーではなかった。聴いていると胸がざわつく。

どうして、僕たちはこんなにも違ってしまったのだろう。

鏡うつしの自分のようだと思っていた妹が、僕の知らない誰かになっていく。

かつて、僕たちはひとつだった。卵はふたつでも、まったく同一で、限りなく差異のないものだった。

それなのに、どうして僕と君は分かれてしまうのだろう。

僕にはもう、君のことが理解できない。成長するにつれて、僕とかけ離れた生き物になっていく君のことが怖い。

手を伸ばせば、美雨の肩に届きそうになる。

「ねえ、美雨」

雨音にかき消されて、僕の声が彼女に届くことはなかった。だから、僕は踏みとどまることができた。

もし、いま君が振り向いたら、僕は君の肩を突き飛ばした。

いつからだろう。変わってゆく君を、いっそ殺してしまいたいと願ったのは。

●○○●○○●

学校図書館は、毎年、学生参加型の企画を開催している。司書と図書委員会が協力して進めるもので、六月のタイムカプセル企画もそのひとつだ。

「タイムカプセルって、何？　俺、去年はサボったんだよね」

図書館便りを指差して、吉野はあくびを嚙み殺した。

「うそ。最近の子って、知らないの？」

「言葉の意味は知っているけど、よく分かんないんだよ。大人になった自分に本を贈りましょう、なんて言われてもさあ。本なんて読まない奴が多いのに、参加者が集まるのかなって」

「たしかに、参加者は年々減っているみたいだけど」

「減っているっていうか、強制参加の図書委員だけだろ。来年からは、もっと誰でも楽しめる企画を考えた方が良いんじゃない？」

タイムカプセル企画は、中身に制限がつく。埋めるものは、大人になった自分に読んでほしい本であり、好きなものを埋める企画ではないのだ。

そもそも、吉野の言うとおり本を読む生徒は少ない。大半の生徒は、自習室の代わりに図書館を利用しているだけで、蔵書目当てではなかった。

「ずっと続いている企画だから、止められないいんじゃないかな」

「止めれば良いじゃん、大変なんだから。埋めたら掘り返さなくちゃいけないし。掘り返した後だって、参加者全員に渡すのなんて難しいだろ。俺みたいに、卒業後は町に戻らない生徒もいるんだから」

あと一年もしないうちに卒業する吉野は、二度と木枯町に戻らないと決めている。町の外から進学してきた子たちは、おそらく吉野と似たようなものだ。

また、凪や勇魚のように、事情があって受け取りができない生徒もいる。

「当日になって、そんなこと言われても。吉野くん、埋めるの面倒なだけだよね？　もうすぐ時間だから、外、行こうよ」

時計を見れば、タイムカプセルを埋める時間が迫っていた。

中庭に出ると、さっそく図書委員の子たちがタイムカプセルを埋めていく。乗り気ではなかった吉野も、文句を言っていたわりに楽しそうだ。

「あの、本人に渡せなかったタイムカプセルって、図書館で保管しているんですよね？」

先輩司書の橘高《きつたか》に尋ねると、彼女はゆっくりと瞬きをした。

「そうそう。でも、埋めたはずのタイムカプセルが見つからなかった子もいるんだよね。不思議なことに」

「もしかして。大路晴喜さん、ですか」

タイムカプセルの箱には、学園の校章が印字されている。

雨降るなか、晴喜が紫陽花の下に埋めていた箱も同じだった。

図書委員だった晴喜は、当時のタイムカプセル企画に参加しているはずなので、箱を持っていても不思議ではない。

「よく分かったね。そうなの、見つからなかったの、晴喜くんのタイムカプセル。親御さんに届ける予定だったのに、掘り返してみたら出てこなかった」

「参加はしていたんですよね？」

「タイムカプセルの用意はしていたみたいだし、実際、埋める作業も参加していたからね。ただ、埋めたふりをしたのかも。あのとき、もう病気になっていたから」

「病状、そんなに良くなかったんですか」

「あとで聞いたんだけど、見つかったときは末期だったみたい。そりゃあ、タイムカプセルなんて埋めたくないよね」

自らの病を理解していたならば、晴喜にとって酷な企画だったろう。

タイムカプセルを掘り出すのは、大人になったときだ。大人になるまで生きることができないと知っていたから、彼は未来の自分に宛《あ》てたものなど残せなかった。

死にゆく彼は一人きり、それを紫陽花の下に埋めた。

「晴喜くんのこと気になる？　そりゃあ有名な子ではあったけど、遠田さんが図書館に採用される前に亡くなっているけれど」

「妹さんと知り合いなんです。彼女は、いまも町にいます。だから、もし晴喜さんのタイムカプセルがあるなら渡してあげたくて」

「気持ちは分かるけど。たぶん見つからないよ。どこにあるのか知っているのなんて、亡くなった晴喜くんだけだと思う」

死人に口はない。だが、凪や湊は、死者の記憶を垣間見《かいま》ることができる。

「紫陽花がたくさん咲く場所に、埋まっているはずなんです」

晴喜の記憶に、隠されたタイムカプセルの行方があるはずだ。

「この町で、紫陽花が咲かない場所なんてないよ」

橘高は苦笑して、はしゃぐ生徒たちのもとに向かった。

4.

湊は水槽に両手をあて、たゆたうクラゲを覗き込む。

ケムシクラゲ。傘の大きなクラゲと違って、細く長い糸くずのような姿をしており、短い触手がフリルのように纏《まと》わりつく。

管クラゲや群体クラゲと呼ばれる種類だ。一匹のクラゲに見えて、その実、小さな個体が群れとなっている。ひとつのポリプから発生した彼らは、遺伝子を同じくするクローンだ。

彼らを水族館で見たとき、不思議に思ったことがある。

群れとなった彼らは、複数の命なのか。それとも、群れとなってはじめて、ひとつの命となるのか。

晴喜と美雨は、このクラゲと似ている。鏡うつしの双子は、まったく同じ個体であり、きっと二人でひとつの生命体だったのだ。

二人の場合、ふたつに分かれてしまえば、生きてゆくことができなかった。晴喜が死んだとき、美雨の心も息絶えてしまった。

そのとき、長椅子でタブレット端末が震える。湊は慌てて、画面上で揺れるクジラのアイコンに触れた。

「勇魚くん、こんばんは」

『……凪は？　なんで湊ちゃんが出るわけ』

「外出中なの。凪くんへ伝言？」

『いや、湊ちゃんに話すことはねえかな。俺の雇い主は凪だから』

クジラのアイコンが、苛立《いらだ》ったような顔になる。画面の向こうで、勇魚本人も同じ顔をしているのだろう。

ただ、湊は勇魚と会ったことがないので、想像することしかできない。彼の本当の名前すら知らない。凪の古い知人、同級生だったことだけ教えられている。

「勇魚くんは、どうして凪くんに協力してくれるの？」

『カネだよ、カネ。意味分かんねえくらい大金くれんだよ。まあ、凪とか湊ちゃんみたいなカネに困ったことねえ奴にとっては、はした金なのか？　本当、お前らって反吐《へど》が出るほど嫌い』

クジラのアイコンが怒ったように真っ赤に染まる。

勇魚は、湊へのあたりが強く、物言いも厳しいことが多い。それは、勇魚が凪を友人として大切にしている証だった。

大切だからこそ、かつて凪を傷つけた湊が許せないのだ。

「本当に、お金だけ？　違うよね。だって、死んだ人間からの依頼なんて、まともな人なら断るよ。詐欺《さぎ》かもしれないって疑っちゃう」

まして、勇魚と凪は同級生で、凪が死んだときのことを憶えている。すべて承知のうえで、勇魚は凪という亡霊に協力している。

『……凪は、すげえ奴だった。俺みたいなクズにも優しかったよ。あいつのなかじゃ、真っ当に生きている奴も、俺も、みんな平等だった。俺みたいなのを、ちゃんと尊重して、ひとりの人間としてあつかってくれた』

　彼らがどんな風に過ごして、どんな思い出を積み重ねたのかは知らない。だが、勇魚にとっての凪は、簡単に忘れられる相手ではなかったのだ。

　凪が死んだとき、湊は自分だけが凪の死に打ちのめされたと思い込んだ。本当は違って、勇魚のように凪の死を悼《いた》んだ人がいる。

『あいつが死んだとき、ただ、ただ後悔した。借りを作るばっかりで、何も返せなかった。生きていたときのあいつの望みなんて、何も叶えてやれなかった。もっと、あいつのために何かできたはずなのに』

　だから、と勇魚は続ける。

『死んだ後くらい、借りを返す。そこにいるのが亡霊でも、凪のふりをした別の誰かだったとしても』

「ありがと」

『湊ちゃんに礼を言われるのムカつく。ちゃっかり居座りやがって、十年間も凪から逃げていた卑怯《ひきよう》者のくせに』

「わたしがいないときも凪くんを支えてくれたこと、感謝しているの」

『うぜえ、正妻気取りかよ。やっぱ嫌いだわ』

クジラのアイコンが、再び怒りで真っ赤に染まる。

「君を浮気相手にしたつもりはないけれど」

湊の手からタブレットを取りあげて、凪はわざとらしく溜息をつく。

「おかえりなさい」

「ただいま。俺がいないところで、勇魚と仲良くしていたの？　妬《や》けちゃうな」

『はあ!?　どこが仲良くだよ。痴話喧嘩《ちわげんか》に巻き込むなっての。本当、昔から湊ちゃんのことだけ心が狭いんだよ』

「良いんだよ、狭くて。それで？　調べものは終わったのかな」

『終わってるよ、とっくに』

勇魚はデータファイルを送ると、逃げるように通信を切った。

「大路美雨のこと、調べてもらっていたんだよ」

凪が添付ファイルを開くと、美雨の情報が展開される。

生年月日、家族構成、そして病気で亡くなった双子の兄のこと。

二人が高校生のとき、晴喜は亡くなった。その後、美雨が専門学校に入学したのを機に、彼らの両親は離婚し、どちらも町を出てしまった。

晴喜の遺骨は、母親が連れていって、いまは母方の墓に納められているという。

美雨だけが、一人きりで木枯町に残り続けた。

「晴喜さんの後悔、分かりましたか？」

「……心中した恋人が、来世では男女の双子として生まれるのなら。それは来世でも会おう、という約束だって、湊は言ったよね」

決して結ばれない関係になる代わりに、来世でも必ず巡り合う。逆に考えると、心中さえしなければ、来世では出逢わずにいられる。

――君が死ねば良かったのにね。

死の間際、晴喜は妹に呪いを遺したという。だが、その呪いは、一緒に死んで、と心中を持ちかけるものではなかった。

「晴喜さんは、来世では妹に会いたくない。だから、紫陽花の下に、ぜんぶ埋めてしまったのかもしれません。……でも、掘り返してあげないと。自分から埋めたくせに、きっと見つけてほしい、と願っているんです。だから、彼はさまよっている」

雨空を見あげた少年は、紫陽花の下に何を埋めたのか。それが明らかになったとき、ようやく彼の後悔は紐解かれる。

「この町に、どれだけの紫陽花が咲くと思う？」

梅雨の木枯町は紫陽花の青に染まりゆく。あの花が咲かない場所の方が珍しいのだ。そこまで考えて、湊は弾かれたように顔をあげる。

「ピンクの、紫陽花です」

「ピンク？」

「町の紫陽花は青いでしょう？　晴喜さんの記憶では、色がピンクでした」

木枯町の紫陽花は海の色――神様の色をしているものだ。だが、晴喜がタイムカプセルを埋めたのは、ピンク色をした紫陽花の根元だった。

「紫陽花の色は、品種によって変わるものもあるけれど。土壌が原因となることもあるんだ。土が酸性に傾いていると、青い花が咲く。アルカリ性なら赤っぽい色だね」

「木枯町に青い花ばかりなのは、土が酸性だから？」

「ぜんぶが全部とは言わないけれど、それも大きな原因かな。日本は雨が多いから、どうしても土が酸性に傾きがちなんだよ。もし、湊の言うとおり、ピンクの紫陽花が咲くのなら、そこは何らかの原因でアルカリ性の土壌になっているんだ」

「美雨さん、たぶん知っています」

寺で会ったとき、美雨は言っていた。

『ご近所だから、散歩のついでに毎日来ているだけ。この季節だと、ピンクの紫陽花が綺麗でね』

町で咲くのは青い紫陽花ばかりなのに、あえてピンクと言ったのは、その色の花を見たことがあるからだ。

鏡うつしのような双子。晴喜の埋めたタイムカプセルを探すことができるとしたら、それは彼女だけなのだ。


寺を散歩するのが、美雨の日課だ。

晴喜の記憶にもあった水玉模様の傘が、石段の前で揺れる。降りしきる雨のなか、今日も彼女は紫陽花の咲く寺に立っていた。

「急に呼び出して、ごめんなさい」

「ううん、大丈夫。連絡先を教えたって、三上先輩から聞いているから。わたしに話したいことって？」

「ピンクの紫陽花が、咲いている場所を知りませんか」

美雨は目を見張った。

「どうして。兄さんとわたしの秘密なのに」

以前、ピンクの紫陽花、と口に出したのは、無意識のことだったのだろう。町の人々と違って、美雨にとっての紫陽花は、青ではなくピンクに染まるものなのだ。

「紫陽花の色は、土壌によって変わることもあるそうです。だから、人間の手で色を変えることもできます」

木枯町の紫陽花が真っ青なのは、酸性の土壌をしているからだ。

この町では、ピンクの紫陽花は咲かない。もし咲いたとしたら、それは意図的に咲かせたものになる。

美雨は痛みを堪《こら》えるように、眉根を寄せた。

「子どもの頃、ピンク色が好きだったの。だから、ピンクの紫陽花が見たいって、我儘《わがまま》を言った。そうしたらね、兄さんは魔法みたいに咲かせてくれたの」

確実なものではないが、人工的に紫陽花の色を変える方法はある。酸性に傾いた土壌を、無理やりアルカリ性のものに変えるのだ。

それを知っていた晴喜は、妹の願いを叶えようとした。

「我儘なんかじゃないです。晴喜さんは、美雨さんのためなら何でもしてあげたかったんですよ。あなたの幸せを願っていた」

「嘘。だって、兄さんは、わたしが死ねば良かったたって言った」

「知りたくありませんか？　晴喜さんの本当の気持ち」

「……今さら、そんなもの知って、どうすれば良いの？　誰も幸せになれなかった。兄さんが死んで、家族だってバラバラになった。もう戻れないのに、兄さんは帰ってこないのに。なら、何も知らない方が良いでしょ」

「知らない方が良いのではなくて、知りたくないんでしょう？　あなたは、お兄さんに責められたくないから」

――君が死ねば良かったのにね。

晴喜が遺した呪いが、いまも美雨の心を蝕《むしば》んでいる。何でもできる兄に死を願われた、何もできない妹は、それでも兄が好きだったのだ。

大好きな兄に、これ以上嫌われたくない。美雨の心を占める感情はそれだけだ。

「だって、ずっと思っていたの。わたしが死ぬべきだった、って」

震える彼女の手から、水玉柄の傘が滑り落ちる。美雨の頬を雨が濡らして、まるで涙のようだった。

「代わってあげられるのなら代わってあげたかった！　わたしの命をあげたら、代わりに兄さんが助かるのなら、いくらでもあげたよ。でも、そんなのできなかった。わたしが死んでも、兄さんが生きることはできない！」

湊も、大好きな人が死に向かうのを、指を銜《くわ》えて見ていた。この命を分け与えることができたら、と祈っても、そんなことは叶わなかった。

海神の御許に攫われていく人を、繋ぎ止めることはできない。己の無力さに打ちひしがれ、絶望した夜があった。

「嫌われても、良いじゃないですか。そこに気持ちがあるなら」

手を伸ばして、美雨の身体《からだ》を抱き寄せる。震える女性は、とうに成人を迎えているのに、幼い少女のようだった。

「好きも嫌いも、そんなのコインの裏表みたいなものです。美雨さんは知りたくないですか、お兄さんが何を想っていたのか、あなたに何を伝えたかったのか」

「兄さんは、死んじゃえって……」

「本当にそれだけでしたか？　あなたの死を願うのと同じくらい、あなたの幸せを祈っていた可能性はありませんか。お兄さんは、あなたに伝えたい言葉があったんだと思います。だから」

だから、晴喜は海月館を訪れた。紫陽花の下に埋めた気持ちを、鏡うつしの妹が掘り返してくれることを願って。

「湊さんに、どうして兄さんのことが分かるの」

「分かりません。でも、美雨さんなら分かるでしょう？　あなたが一番、晴喜さんのことを知っているんだから」

美雨は喪服のようなスカートの裾《すそ》を握った。地面に落ちた傘を拾うこともせず、彼女はよろよろと歩きはじめる。

「このお寺ね、小さい頃から、兄さんとわたしの遊び場だったの。墓地もあるのに、不謹慎だったのかもしれないけれど」

美雨は迷うことなく、寺の裏側へとまわった。人気《ひとけ》のない裏手にも、地面を埋め尽くすようにたくさんの紫陽花が咲いている。

真っ青な紫陽花にまぎれて、ピンク色の花が咲く場所があった。

「住職さんは優しいから、ずっと見逃してくれてるの。ピンクの紫陽花、綺麗だよね」

間違いなく、晴喜の記憶にあった場所だ。

湊は屈《かが》みこんで、持ってきたスコップを取り出す。

「掘るの？」

「木枯学園の図書館では、毎年タイムカプセル企画をしているんです。大人になった自分へ、一冊の本を贈りましょうって。晴喜さんも参加していたんですよ。でも、彼の分だけ、どうしてか見つからなかったんです」

「ここに埋まっているの？」

答えを待たず、美雨は湊のスコップを奪うように掴《つか》んだ。屈みこんだ彼女は、そのままピンク色の紫陽花を掘り返していく。

その姿が、素手で土を掘り起こしていた晴喜と重なった。

ふと、薄雲に覆われた空が暗くなって、雨足が強まった。立ちあがった湊は、美雨の頭上に傘を広げる。

晴喜の記憶は、雨の日のことだった。濡れた土の匂いに包まれると、亡くなった彼の記憶に引きずられる。

辿《たど》りつくことのできない未来の自分へ宛てた、タイムカプセル。

彼はそれをどんな気持ちで詰めて、どんな気持ちで紫陽花の下に埋めたのか。

一心不乱に土を掘り返していた美雨が、その手を止めた。白い指先を泥だらけにしながら、彼女はプラスチック製の箱を抱える。

「兄さん」

その箱には、木枯学園の校章が印字されていた。図書委員会の生徒たちと埋めたものと同じタイムカプセルだ。

開いた箱には本ではなく、一枚の便箋《びんせん》が入っていた。

『美雨、大人になったもう一人の僕へ。

もし、この手紙が君に届いたとしたら、僕はもう死んでいるだろう。僕は大人になれないから、大人になったもう一人の僕——君へ、手紙を送ろうと思う。

小さい頃から、君は本当に何もできない子だった。

いつも僕の後ろをついてまわって、僕の真似《まね》をしては失敗して、大声で泣いていたことを憶えている。

君の涙を見ていると、僕はいつも君を守ってあげなければ、と思った。何もできない君が、僕を頼って、置いていかないで、と手を握ってくれることが何より嬉しかった。

何もできない君のために、僕は何でもできるようになりたかった。

僕たちは二人でひとつ、鏡にうつしたように同じ存在でありたかった。そう願う気持ちも確かだったのに、それ以上に、僕は何もできない君でいてほしかったんだ。

僕がいないと、生きていけない。そんな風に思ってほしかった。

そうしたら、ずっと一緒にいられる気がした。

男女の双子は、心中した恋人の生まれ変わりだって聞いたことがある。そんな俗信を、僕は本当のように思ったよ。

前世も、今生も。きっと、僕は君を骨の髄まで愛して、骨の髄まで憎んだ。

僕の出来損ない。鏡うつしの失敗作。僕を置き去りにして、未来を生きる君。僕の大好きで、いちばん憎い妹。

来世ではどうか、君と出逢いませんように。僕のいない場所で、君が幸せになれることを祈っている。

僕がいなければ、今度こそ君は幸せになれるはずだから』

美雨は声をあげて泣いた。

降りそそぐ雨が、その涙と連鎖するように強くなる。

「ばか。違うのに。……兄さんがいたから、わたし、いつも独りじゃなかったの。優しい気持ちも、嬉しい気持ちも。苦しくて、つらくて、死んじゃえって気持ちだって。ぜんぶ兄さんがいたから知ったの」

溢れる涙を拭《ぬぐ》って、美雨は便箋を胸に抱いた。

「次の人生だって一緒が良いよ。恋人でも兄妹でも、どんな形でも良いの。兄さんがいないと、わたし、きっと幸せなんて分からなかった」

雨に打たれた紫陽花が、相槌《あいづち》を打つように首を揺らす。花々の合間に、湊は美雨と同じ顔をした男の子の幻影を見た。

●○○●○○●

海月館では、死者は実体を持つ。それは書庫だけという意味ではなく、庭も含めた館一体が特別な場であるからだ。

石段をあがり、鳥居を潜《くぐ》った先は、生と死の交わる狭間《はざま》なのである。

だから、庭先に美雨と同じ顔をした男の子がいても、湊が驚くことはなかった。

青い紫陽花に埋もれるよう、ずぶ濡れの少年は立っていた。少し大きめのブレザーを着た背中は、何処か頼りなく、彼の幼さを浮き彫りにしている。

「もう一人のあなたは、次も一緒が良いそうですよ」

前世も、今生も、来世すらも共にありたい。泣きわめく彼女は、何度も、その願いを口にした。

不意に、晴喜が振り返った。

彼は何かを見つけたように、館のなかへと駆けていく。追いかけた湊が見たのは、クラゲの揺蕩《たゆた》う水槽に額を寄せる男の子だった。

●○○●○○●

泥だらけの手を、天に伸ばす。

夕暮れに照らされた雨が、きらきら輝いていた。雨の匂いに包まれると、同じ顔をした妹の笑顔が浮かんだ。

彼女の笑顔はいつもまぶしかった。まぶしいくらいに綺麗だったことを、こんなときに思い出してしまう。

昔、僕は雨が嫌いだった。けれども、憂鬱《ゆううつ》になった僕に、君は言うのだ。

雨が降ったあとの太陽は、いつもよりずっと綺麗なのだ、と。雨が降るから、晴れた空が綺麗なんだ、と。

それはきっと、逆も同じだ。

雨が降るから晴れ空の美しさを知るように、晴れ空があるからこそ雨の優しさを知る。

鏡うつしの僕たちは、互いの姿かたちを見ることで、自分の輪郭《りんかく》を知った。もう一人の僕が、僕という存在を形づくってくれた。

鏡うつしの僕たちは、ひとつになりたくても、ひとつにはなれなかった。異なるからこそ完璧で、異なるからこそ、骨の髄まで互いを愛して、憎んだのだ。

――美雨、ごめんね。

僕は、先に海神のもとに還る。君の幸せを、海の底で祈ろう。

どうか、来世では出逢いませんように。僕のいない場所が、君に幸いを運ぶことを願っている。

この優しい雨のように。僕のいない幸福が、君に降りそそぎますように。

●○○●○○●

目を伏せていた少年は、覚悟を決めたように前を見据《みす》えた。

「僕は、君のいない来世が良い。二度と君とは出逢いたくない」

晴喜の横顔に、もう迷いはなかった。

来世も共にあることを願ってくれた。それだけで、きっと晴喜は救われたのだ。彼にとっての後悔とは、同じ顔をした妹のかたちをしていた。

愛しくて、同じくらい憎らしかった妹の幸福を祈っている。それを伝えることができず、君が死ねば良かった、と呪いを遺してしまった。

それこそが、晴喜の後悔だった。

君の幸せを祈っている。たった一言、そう伝えるために、彼はずっと海神のもとに還らず、さまよっていたのだ。

「さよなら、美雨」

晴れ晴れとした顔で、少年は海を渡っていった。

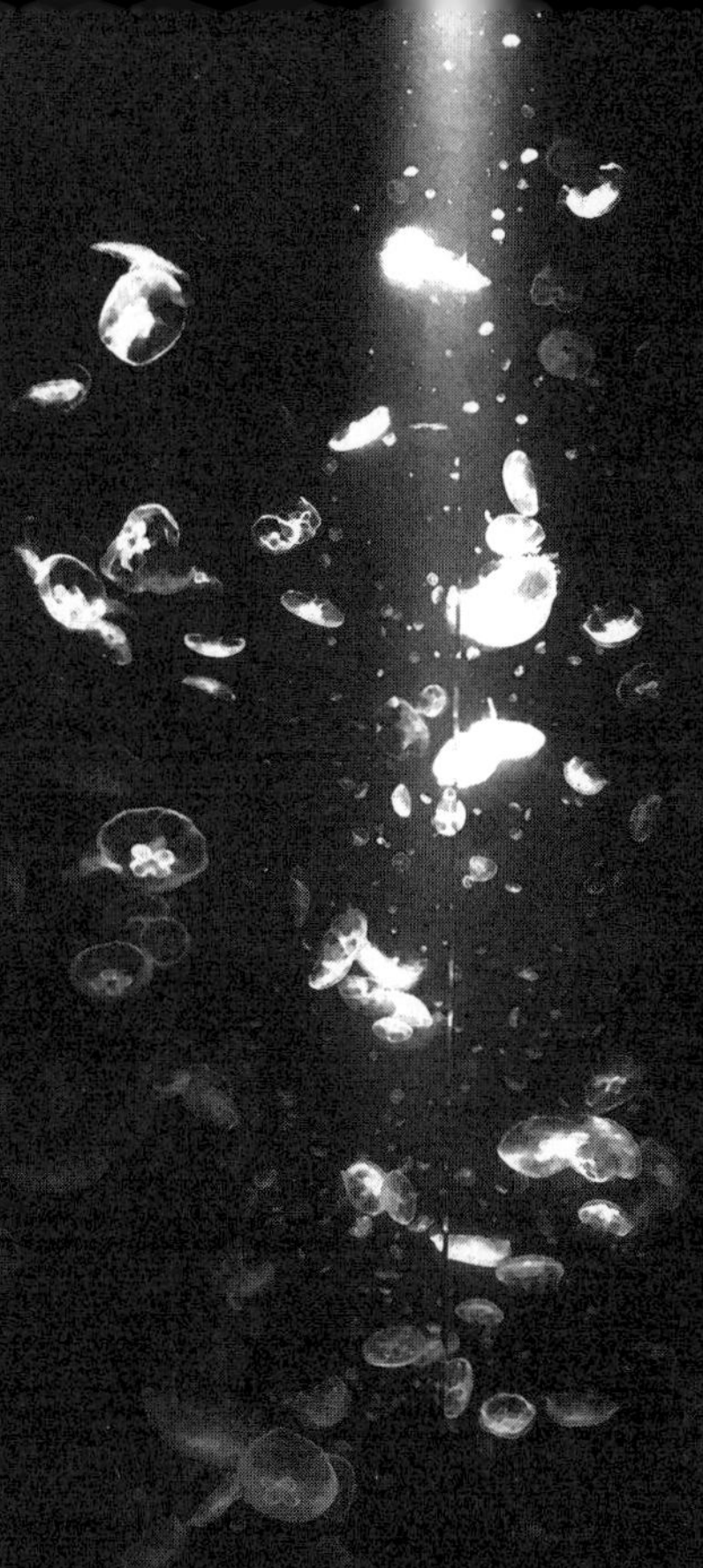

終

海底の恋

紫陽花《あじさい》の青が、夜明けの庭を染めゆく。

見上げた空では、薄墨《うすずみ》と緋色《ひいろ》が混じり合っていた。明けの空は、すべての境界を曖昧《あいまい》にしていく。幸も不幸も、善も悪も、生と死すらも。

「同情したんだね、あの子たちに」

「似ている、とは思いました。だって、わたしと凪《なぎ》くんも、きっと」

「あのとき心中していたら、次は男女の双子に生まれ変わっていた？　でも、君は一緒に死んでくれなかった。それがすべてだよ」

「……ええ」

凪は溜息《ためいき》をついて、湊《みなと》の額《ひたい》を小突《こづ》いた。

「本当はね。君は、俺のことを恨んで、憎んで良かったんだよ」

「憎んでいるのは、凪くんでしょう？」

憎む権利があるのも、湊ではない。家族に恵まれ、愛されてきた少年を、地獄《じごく》への道に引きずり込んだのは湊だった。

「湊は、いつもそう。誰かを嫌ったり、恨んだり、憎んだりすることができない。そういう感情が浮かんでも、君のなかに残らない。根本的に無関心なんだよ、死んでいる人にも、生きている人にも」

否定することはできなかった。

愛する人の死に打ちのめされる人々に、湊は土足で踏み込むことができる。

簡単に同情してしまうのも、彼女たちの心を傷つけることを厭《いと》わないのも、ある種の無神経さが理由だ。それを優しいと言ってくれる人はいたが、そんなものを優しさとは呼ばない。

「ろくでなしですね」

「俺が、君をそんな風にした」

背後から抱きしめられる。横を向けば、泣きそうな顔をした凪がいた。

「後悔していますか、わたしのことを」

海月館《くらげかん》を訪れる死者は、死んでも忘れることのできない後悔を持っている。その後悔が、彼らの御霊《みたま》を海神《わだつみ》のもとに還《かえ》さない。

凪の後悔は、きっと湊と同じ姿をしているのだ。

「ずっと悔やんでいる。もっと幸せな道を選ばせてあげられた、もっと普通の女の子みたいに生きることができた。君の未来を潰《つぶ》したのは俺だった。――でも、出逢《であ》ったときに戻れるとしても、俺は何度だって同じ道を選んでしまうんだろうね」

凪の手を振りほどいて、湊は東屋《あずまや》を出た。

庭の紫陽花を萼《がく》ごと摘《つ》み取って、凪の頭上に載せてあげる。

生前の凪が、かつての湊にしてくれたように。

紫陽花から滴《したた》り落ちた雨露《あめつゆ》が、凪の瞳を潤ませた。暗くて深い、海底のような青い瞳には、幸せそうに笑う湊が映っていた。

「後悔しているなら。責任とって、ずっと一緒にいてくださいね」

まるで天が涙するように雨が降っていた。雲間から差した陽光が、雨の軌跡《きせき》を優しく照らしている。

「来世でも？」

湊は首を横に振った。

「凪くんは、来世を信じますか？」

「信じるというより、俺は来世があることを知っている。この町の命は循環している。誰かの命を奪って、誰かの命は巡るんだ」

この町の命は、海神から生まれて、海神の御許《みもと》に還る。凪も湊も、かつて喪《うしな》われた誰かの命を材料にして、此《こ》の世に送り出された。

この町に限って、来世とは約束されたものだった。

「でも、要らないよ、来世なんて。生まれ変わっても一緒になんて約束、何の救いにもならない。……一度きりで良い。遠田凪《とおだなぎ》は、遠田凪だけで良かったんだ。来世があるとしても、来世の俺も、来世の湊も要らない」

遠くで、教会の鐘が高らかになった。雨音を消し飛ばすような、それは幸福な音色だった。海月館の近くにある教会で、結婚式が行われているのだ。

幸せな花嫁が、花婿《はなむこ》に手を引かれて、此の世で一番の祝福を受けている。

湊と凪には与えられることのない未来だった。

遠い日、幸福な花嫁になりたかった少女は、永遠に報われない。けれども、それが何だというのだろう。

ここに凪がいる。幻でも、妄執《もうしゅう》でも構わない。そんなことは些末《さまつ》なことだ。

「わたしも一度で良い。ずっと一緒にいてくれる、と約束してくれたのは凪くんです。前世のあなたでも、来世のあなたでもない。十九歳で亡くなった、あなただけ」

「ここにいてくれるの？　俺と一緒に、この暗くて深い、海の底みたいな地獄に」

湊はそっと、自《みずか》らの手を凪のそれに重ねる。生白い指先に触れて、繋《つな》いだ手が永遠に解けないことを願った。

海の底に地獄があるならば。

この手を引いて、いつか必ず、彼を優しい場所まで連れていこう。

※この作品はフィクションです。実在の人物・団体・事件などにはいっさい関係ありません。

集英社オレンジ文庫をお買い上げいただき、ありがとうございます。
ご意見・ご感想をお待ちしております。

●あて先
〒101-8050　東京都千代田区一ツ橋2-5-10
集英社オレンジ文庫編集部 気付
東堂　燦先生

集英社
オレンジ文庫

海月館水葬夜話

2020年7月22日　第1刷発行

著　者　東堂　燦
発行者　北畠輝幸
発行所　株式会社集英社
〒101-8050東京都千代田区一ツ橋2-5-10
電話【編集部】03-3230-6352
【読者係】03-3230-6080
【販売部】03-3230-6393（書店専用）
印刷所　凸版印刷株式会社

※定価はカバーに表示してあります

ISBN 978-4-08-680333-5 C0193